EL CIELO DORMIDO

EL CIELO DORMIDO

XVII PREMIO DE NOVELA CORTA
ENCINA DE PLATA

MARIO BLÁZQUEZ

Colección Encina de Plata

©: Mario Blázquez, 2023.
©: Premium Editorial, 2024.
www.editorialpremium.es

Edición: Premium Editorial.
Diseño cubierta: Premium Editorial.
Imagen cubierta: Isabella Mariana

I.S.B.N.: 978-84-126096-9-1
Depósito Legal: SE-1-2024
Impreso en Andalucía (España).

AYUNTAMIENTO DE
Navalmoral de la Mata

Un jurado presidido por el académico Luis Mateo Díez, e integrado además por el también académico José María Merino, los escritores Luis Landero, Pilar Galán y Gonzalo Hidalgo Bayal y la periodista Rosa María Bautista, otorgó a la presente obra *El cielo dormido*, de Mario Blázquez, el **XVII Premio de Novela Corta Encina de Plata**.

Parece ser que al final de la lucha, cuando el animal está ya loco por el dolor, recuerda fugazmente alguna caricia, dirigida solo a él, y esto le da la fuerza necesaria para seguir lastimando a su contrincante, aunque su propio cuerpo esté ya despedazado.

Mario Bellatin

1

San Juan Pie de Puerto o San Juan de Luz. ¿En cuál de ellos sucedió? Confundo estas dos localidades francesas, son lugares que ya nadie a mi alrededor menciona, paisajes desdibujados, corroídos a causa de una progresiva desmemoria. Tendría que caminar de nuevo sus calles para lograr distinguirlos, para cerciorarme, incluso, de que realmente existen. Si no lo compruebo es debido al temor de llegar a la determinación de que no sucedió ni en uno ni en otro; regresar a San Juan Pie de Puerto, no reconocerlo y suponer, por tanto, que debió de ser en San Juan de Luz, pero, asimismo, descubrir que allí tampoco. No hallar nada entre ambos lugares, ni siquiera aquello que creí haber perdido. Así que avivo la aceptación de una reminiscencia inexacta, que mi retentiva siga fracasando, como si fuera yo el que traicionara a mi memoria.

Era capaz de diferenciarlos hasta poco antes de nacer Francesco, porque en uno de ellos había una casa de paredes encaladas, puertas y ventanas de madera rojiza; un porche en la parte de atrás, con una pequeña huerta de la que brotaban tomates, fresas, albahaca y zarzales. La entrada conectaba con el paseo marítimo, que en los meses de verano se atestaba de turistas. Por ese motivo Judith y yo actuábamos a contracorriente. Preferíamos quedarnos allí en cualquier estación fuera de temporada, cuando las calles y las casas se vaciaban, los cielos se oscurecían y la lluvia arreciaba casi todos los días. Solo algunos peregrinos del Camino de Santiago llegaban para pasar la noche y partían a primera hora de la mañana. Gozábamos de aquel despoblamiento y del privilegio de disponer de la casa para nosotros solos. Pocas tiendas permanecían abiertas, además de un par de cafés, en los que desayunábamos dos y hasta tres veces. Por efecto del clima, la mayor parte del tiempo lo pasábamos en casa escuchando música, leyendo, viendo películas, divagando, aburriéndonos, amándonos. Era lo más aproximado a unas vacaciones perpetuas, a una reanudación de la infancia exenta de toda responsabilidad. Cuando nos aburríamos de tanta quietud y ociosidad, cogíamos el coche e íbamos a San Sebastián, a Bayona o a Burdeos, que estaba más lejos. Disfrutábamos de los largos trayectos en carretera; ella ponía discos de Les Thugs y yo, de Los Planetas. Allí recuperábamos el ajetreo de la vida de ciudad, visitábamos alguna exposición, comíamos en algún restaurante, íbamos al cine, al teatro, a conciertos. Regresábamos siempre en el mismo día, fuese la hora que fuese, a San Juan Pie de Puerto o San Juan de Luz.

Si se presentaba la situación de que los padres de Judith o alguno de sus hermanos avisaban de que vendrían a pasar el fin de semana, ella les aseguraba que allí nos encontrarían. Pero huíamos antes de que llegaran, como si el simple acto de tener que saludarlos nos expulsara de aquel paraíso.

Desde que dudo entre San Juan Pie de Puerto o San Juan de Luz, también lo hago respecto a Francesco. Me cuestiono muchas veces si, del mismo modo que no ubico aquella casa en un mapa, él nunca llegara a estar allí, que tan solo sea uno de esos recuerdos que se desprenden de la memoria cuando no encuentran los lugares en los que se enraizaban.

2

Me despierta el sonido del teléfono. Pienso que debe ser de madrugada, pero es probable que con el desconcierto que reina en mis rutinas se trate de una falsa impresión. Un rato más tarde, quien sea, llama por tercera vez. Es el teléfono anclado a la pared junto a la puerta de la entrada, de color rojo vívido, con un timbre metálico, desafinado y estridente. Pertenecía a la casa cuando la compré y no lo he movido de su sitio. Se escucha desde cualquier rincón de las dos plantas, incluso desde el jardín. Hace tiempo que no suelo cogerlo, pero he comprendido que no voy a poder seguir durmiendo si no lo hago esta vez. Un hombre que no conozco pregunta por mí. Carraspea varias veces hasta conseguir que su voz salga limpia. A la gente suele gustarle mi nombre, lo noto cuando me llaman por él, utilizan un tono agradable, con independencia de cuál sea el contexto. «Sí —afirmo—, soy yo». Pero después siento como si no se refiriera específicamente a mí. No soy ya el marido de Judith, tampoco tengo un hijo con ella. La voz desconocida insiste, me persuade con tiento por la presunción de tratarse de un asunto que requiere delicadeza.

El motivo por el que llama se debe a una sorprendente noticia, «una extraordinaria noticia», remarca.

—No me interesa —respondo como si tratara de deshacerme de un comercial de alguna compañía del gas.

Mi apatía resulta inesperada para él, debe presagiar que voy a colgarle y entonces dispara su última bala:

—Es sobre su hijo.

No cuelgo, no expreso nada, ni siquiera silencio.

Regreso a ese espacio, a ese tiempo inexistente del que creía haber desertado.

—Su mujer me mantuvo en la búsqueda.

—¿Por qué entonces no la llama a ella? —le interrumpo.

Se queda perplejo, aclara su garganta de nuevo, tarda en contestar:

—Porque me resulta imposible contactarla.

—Yo tampoco puedo hablar, lo siento.

—¡Es muy importante!

Tiene indicios de haberlo encontrado. Doce años después.

—¿Se da cuenta de que eso es imposible? —lo digo como si en realidad quisiera convencerme a mí mismo.

Cuelgo.

Descuelgo.

Dejo caer el teléfono y lo observo balancearse sobre su propio cable.

Lo escucho comunicar.

Vuelvo a la cama.

3

He entrado en esta cafetería por casualidad. Mientras paseaba he visto el local pequeño, acogedor, abierto a la calle, con la posibilidad de sentarme en una mesa que se encuentra colindante a la acera. Pertenece a ese concepto *vintage*, negocio minimalista especializado en café y té con el único atrezo de tartas y galletas caseras. Cuando me sirven el café, doy el primer sorbo y reconozco el sabor: un arábico ácido, afrutado. «Este café es Badalamenti», le digo al camarero. Él, que ha regresado al mostrador, se sorprende. Cuando parece que va a contestar, entra otro cliente y lo distrae.

En la plaza que diviso desde donde estoy sentado vivió toda su vida mi abuelo. Tuve dos abuelos, pero solo llegué a conocer a uno de ellos, el otro murió a los pocos meses de que yo naciera. Francesco tampoco conoció a sus dos abuelos, a diferencia de mí, no porque uno de ellos muriese, sino porque fue él quien desapareció antes de llegar a conocerlo. Yo me acuerdo mucho de mi abuelo. Él me hablaba de muchas cosas, no solo de la recurrente Guerra Civil, sino de otros episodios de la historia que conocí a través de sus ojos antes de confrontarlos por mí mismo. Sobre todo, recuerdo que cada vez que paseábamos, siempre como si fuera la primera, me contaba que un día trajeron una ballena no muy lejos de la plaza: «En el año 1954». La habían capturado en el Atlántico, medía veinte metros de largo y pesaba sesenta toneladas. La llamaban *Moby Dick, la ballena gigante*. A alguien se le ocurrió la astuta idea de llevarla de gira por distintas ciudades como una atracción turística. «Dos pesetas», decía mi abuelo que costaba contemplarla bajo una gran carpa. El problema con el que no contaron fue la complicada labor de conservación del cetáceo que, pese a estar sumergido en formol, no logró evitar un gradual estado de descomposición. Fue tal la peste que comenzó a emanar del animal putrefacto que provocó las quejas de los vecinos y tuvieron que llevárselo. Si después del paseo subíamos a su casa, él me enseñaba los recortes de periódico que conservaba de aquel acontecimiento, también como si aquella fuera la primera vez.

Pago el café, le digo al chico que se quede con el cambio, me da las gracias y dice: «Tenía usted razón. El café es Badalamenti».

4

«Un físico italiano», así la describía, sin una consciencia objetiva de qué particularidad define el físico de una mujer italiana. Supongo que, más allá de sus ojos profundos, muy cerca entre sí de una nariz romana, había algo determinante en su mirada, en su presencia. «Soy franco-ítalo-española», solía decir ella. Su padre era francés, de ascendencia italiana; su madre, española. Pero lo que más definía a Judith era su vehemencia, sus febriles estados de ánimo que hacían de ella una persona imprevisible. Su manera de reparar estos arrebatos, hay que reconocerlo, resultaba justa y equilibrada. También era mentirosa, «a veces soy italiana —se exculpaba—, solo a veces», mientras yo me preguntaba en qué momento, cómo saber cuándo un mentiroso deja alguna vez de serlo. El día que tuvimos nuestra primera cita ella salía con otro chico. No tuve conocimiento de ello porque me lo advirtiera, sino porque resultaba extraño que nunca quedáramos por la mañana o por la noche. «Podemos quedar para tomar un café después de comer», proponía siempre y, mediante un variado repertorio de excusas, se marchaba antes de que cayera la tarde. Empezamos a salir en verano, lo recuerdo porque las imágenes que me llegan son soleadas, la veo caminar con vestidos largos de estampados floreados, camisetas de tirantes, sandalias y zapatillas de suela de esparto. En aquella primera cita pasamos por una tienda de discos, ella dijo que quería entrar, revolvimos los cajones de vinilos, compró *Ten*, de Pearl Jam, y me lo regaló. Nunca hasta ese momento una chica me había regalado un disco.

Vivía en un barrio burgués, pero no era pija, de hecho, se empeñaba en ocultar su procedencia. Su casa, como si se hubiera sentido obligada a aceptar que sus padres tuvieran dinero, era solo el lugar donde le había tocado vivir. No renunciaba, por el contrario, a ninguna de las comodidades que esta situación le proporcionaba: una habitación de veinte metros cuadrados, un coche recién cumplidos los dieciocho, un bachillerato internacional, una licenciatura en una universidad privada, viajes al extranjero en vacaciones. Tenía cierta habilidad para hacer creer lo contrario, que era una chica que se buscaba la vida como podía, compraba ropa en franquicias baratas y mercadillos de domingo, se rodeaba de amistades bohemias y se movía por ambientes alternativos. No intuí ni conocí esta realidad hasta el día que me invitó a su casa aprovechando que sus padres se habían marchado de viaje. Ella, mientras accedíamos a un portal con ornamentos dorados en las barandillas y alfombras impolutas sobre los escalones, detectó mi inseguridad y me miró como si pretendiera expresar: «No te asustes, esto no va conmigo. Me gusta que seas un desarrapado». Parecía incomodarle que descubriera su abundancia y quería hacerme ver que éramos semejantes, que tan solo habíamos caído en cunas antepuestas. Teníamos diecinueve años aquel día;

ella, diecinueve y diez meses, yo acababa de cumplirlos. Nos desnudamos en el salón como quien debe superar una prueba, como una exploración impuesta a nuestra edad y a la que —así lo creíamos— llegábamos tarde. Era la primera vez para los dos, al menos, puedo asegurar que para mí lo era. Había en la atmósfera una colisión entre madurez e ingenuidad. No nos salió; a ella le dolía, yo perdí la erección por los nervios y optamos por dejarlo. En ese instante me invadió una punción de la que aún hoy, pese a todo, no he logrado desprenderme: no debería uno permitirse amar tan joven. Aquella intensidad con la que amaba a Judith me convertía en un ser extremadamente vulnerable, me producía un insano desequilibrio que impedía incluso que disfrutara de ese presente. El pánico a que ella se desvaneciera como si todo hubiera sido una proyección distorsionada de la memoria.

A medida que fui conociéndola, era capaz de averiguar cuándo mentía. «No son mentiras, son verdades que transformo», solía excusarse de forma ocurrente. Aprendí a tragarme sus mentiras y ella a fingir no darse cuenta. Mentir fue un instrumento que utilizamos para querernos. Confiaba en que así alcanzaríamos juntos una vejez fascinante. Aquel primer día que intentamos acostarnos y fracasamos, supe que no podría existir nada peor que ella dejase de quererme, descubrir un día en su rostro que hubiera dejado de mentirme.

5

Vivo en un caserón de lo que fue una antigua colonia de periodistas. Parece la casa de un rico en un barrio pobre o la casa que perteneció a un rico y que luego compró un pobre. Me costó muy barata porque entonces tenía algo de dinero y el dueño, prisa por venderla. Me he acostumbrado a que permanezca tal cual la compré, prácticamente deshabitada, en un creciente estado de deterioro y abandono. Podría decirse que compré la casa e inmediatamente desistí de ella. El suelo es de terrazo; las paredes están combadas, desconchadas por la humedad; las ventanas, de madera desdentada, conservan sus cristales originales, que han adquirido un tono amarillento. Traje pocas cosas cuando me mudé con idea de ir trasladando el resto una vez me hubiera acomodado. Ropa, un televisor y libros que continúan apilados en horizontal sobre el suelo. De los ciento sesentaiún metros que conforman la casa, solo utilizo el salón de la planta baja, una de las cuatro habitaciones del primer piso y uno de los tres baños. Tengo lo que necesito: una cama donde dormir, una pequeña cocina de gas y una hamaca en el porche para tumbarme y no hacer nada. Los tres pilares que me sostienen: dormir, comer y no hacer nada.

«El placer no es más que ausencia de dolor», afirmaba Schopenhauer. Jamás me he ocupado del jardín. No ha brotado en él ninguna flor, pero sí han germinado yuyos entre las baldosas de la entrada y las venecitas de la piscina, cuyo fondo cubre un charco verdoso sobre el que flotan hojas de varios otoños. También plantas trepadoras, la yedra y la campanilla, invaden la fachada como una marea sobre la arena. Por extraño que parezca, me reconforta llegar, encontrar ese espacio tan inabarcable y considerarlo ajeno a mí, como si fuese el proyecto de hogar de alguna familia en el que he irrumpido.

Cuando me miro en el espejo del baño, quisiera reflejarme anciano, conocer quién voy a ser, si me teñiré de blanco, cómo será surcado mi rostro, qué tipo de enfermedad asolará mi cuerpo hasta hacerme perecer. Es sintomático que contemplemos la vida como una obstinada resistencia, un distanciamiento de nuestra juventud. Yo, por ejemplo, tengo por referente mis veintiocho años; supongo que considero esa etapa el esplendor, la mejor versión de mí mismo, y siento que vivo desviándome de ella. Desearía, en resumen, eludir la espera hasta enfrentarme a ese ser en el que me acabaré convirtiendo. Me impacienta el proceso, la irresolución. En ocasiones siento que me anticipo, me miro y reconozco al anciano que busco.

Las primeras llamadas que recibí cuando acabé de instalarme en esta casa fueron de personas que preguntaban «qué tal estás» y solo esperaban dos posibles respuestas: que estuviera bien y liberarlos de la obligación de volver a preguntar; que estuviera mal y condenarlos al apuro de encontrar un modo de consolarme. Algunos de ellos, tal vez por temor a avivar mi aflicción, escogían no nombrarlo, actuaban como si nada hubiera sucedido y hablaban de cualquier frivolidad que no resultara incómoda; otros, por el contrario, trataban puerilmente de hacerme creer que se ponían en mi lugar. Me di cuenta de que había una serie de palabras que activaban la memoria, que, incluso en el contexto más insignificante, eran como botones que alguien accionaba para propulsarme hacia el horror. Mantuve la creencia de que, con el tiempo, se desprenderían de ese siniestro simbolismo y recobrarían su legítimo significado.

Tengo un sueño recurrente —aunque lo cierto es que no creo en los sueños recurrentes, sino en que el sueño, por sí mismo, te engaña para creer que lo es— en el que un día alguien entra en casa, encuentra los matojos salvajes, la piscina llena de lodo, las paredes exteriores conquistadas por la yedra y la campanilla, el viejo mobiliario que siempre pretendo cambiar; indicios suficientes para atestiguar que está deshabitada, hasta que encuentra a un anciano sentado en un sillón. Este no hace absolutamente nada, está vivo pero no puede moverse, o está muerto pero respira. Un sueño en el que la casa es una tumba que nadie visita.

6

Pretendí evitarlo, pero el hombre que amenazaba con despertarme de un letargo de doce años volvió a llamarme, repetidas veces, hasta que una de ellas me encontró sobrio. Su despacho, un minúsculo habitáculo, está ubicado en uno de esos misteriosos edificios del casco antiguo de la ciudad, en los que nadie parece vivir ni entrar ni salir, donde se teje una suerte de heterogéneos negocios. Detrás de las puertas imagino abogados, nutricionistas, masajistas, psicólogos o tarotistas, el dinero pasando de unas manos a otras evitando al fisco. Me invita a sentarme cuando lo que desearía es que lo que tenga que contarme fuera tan breve, tan desdeñable, que pudiera escucharlo de pie. No soy yo quien debería estar allí y él es consciente. «Fue su mujer», repite, casi como una disculpa. No me molesto en sacarle de su error: no llegamos a estar casados. El hombre, que se califica a sí mismo como detective, revela que recibe una cantidad al mes, una cifra que se esfuerza en no concretar. Deduzco que esta búsqueda tenaz le serviría de narcótico a Judith allá en los confines del dolor inexplorado. El detective, contrario a lo que podría haber hecho, limitarse a cobrar, cumplió con su trabajo de manera diligente. Deposita un sobre encima de la mesa. En el interior hay algo que debo ver, supuestamente, unas fotografías. Tengo la impresión de tener que actuar, improvisar en una mediocre película de cine negro. Pero sé que, pese a la caricaturesca situación, debo tomármelo en serio. Me siento en la silla que él vuelve a ofrecerme. Extraigo las fotografías del sobre. Es extraño, me asusta mirarlas, constatar que aquel niño de cuatro años haya podido convertirse en un adolescente lampiño de dieciséis con una mirada que refleja el transcurrir de otra vida. Mi mente nunca ha dejado de conversar con el pasado y él allí no ha crecido. Me resulta hasta ofensivo observarlo, como si ese muchacho fuera el que realmente hubiera hecho desaparecer a mi hijo. Pienso en levantarme y pactar con él que nos olvidemos de todo. Una contraoferta para replegar su búsqueda, silenciar su hallazgo. Pero estoy seguro de que él, un gran profesional, no contemplará tal opción.

Satisfecho de su audacia, del deber cumplido, asiente como si ratificara que no hay margen de error.

Niego con la cabeza y vuelvo a introducir las fotografías en el interior del sobre.

7

1998 fue el año en el que empecé a salir con Judith. El verano de 1998 para ser exactos. Lo recuerdo porque un par de meses atrás se había publicado el disco *Una semana en el motor de un autobús* de Los Planetas. Una tarde Judith me dijo que se iba de vacaciones con su familia todo el mes de agosto. Era lo que hacían todos los veranos porque tenían una casa en Francia. Me lo dijo así, de repente aquella tarde, que al día siguiente por la mañana se marchaba a San Juan Pie de Puerto o San Juan de Luz. Pasé varios días encerrado en mi cuarto, tumbado en la cama escuchando el disco de Los Planetas. Había una canción que se llamaba *La playa*; contaba la historia de un chico que se sentía abandonado por su novia, ella se había marchado a la playa sin apenas dar explicaciones, además no lo llamaba ni una sola vez. El chico idealizaba el verano de su novia, se preguntaba qué diablos estaría haciendo, si acaso estaría con otro. Vivía una angustia martirizado por los celos. Hasta que optaba por presentarse en la playa para comprobar si sus sospechas y los rumores que le llegaban eran ciertos. Al final todo parecía resultar una paranoia suya. No pasaba nada en realidad.

Ella le confesaba que lo había echado de menos y lamentaba no haberse podido despedir. Sin embargo, el alivio tras la aclaración, aquel final feliz, no impedía que ese verano se quedara grabado en la mente del chico como una pesadilla y, cada vez que lo recordara, aún le doliera.

Yo no tuve que llegar tan lejos, no necesité moverme de mi cuarto para llegar a padecer aquella misma sensación.

8

Mi suegra también se llamaba Judith. No entiendo por qué la llamo suegra cuando oficialmente no lo fue, ni por qué lo digo en pasado cuando todavía vive. Hace apenas una hora la he llamado, pero no le gusta hablar por teléfono y me ha pedido que vaya a verla, lo ha hecho con esa voz cadenciosa que suele ponerme nervioso. Siempre he creído que esta mujer está algo trastornada. Solía reír en momentos de tristeza y llorar en los de placer como si algo en ella estuviera desconectado. Pero es la madre de Judith. Siempre decía que me apreciaba mucho, y no puedo negar que así lo demostró.

Su casa es pequeña, un estudio donde tiene salón-cocina-dormitorio. Me cuenta que hace tiempo que se separó de Nicolo, su marido, y ha cambiado de casa varias veces. No termina de adaptarse a vivir sola. Dijo que iba a preparar té cuando llegué, pero se ha olvidado de hacerlo. Se lo recuerdo. Finalmente lo trae a la mesa, pero habla, gesticula con las manos y no se centra en servirlo. Es de esas personas que mientras conversan interrumpen cualquier otra cosa que estén haciendo. Me desespera y acabo por servirlo yo mismo.

Ella continúa con su charla.

—Lo ha pasado tan mal. Pobrecilla. Estuvo hasta ingresada, ¿lo sabías?

Habla de su hija como si tuviera diez años.

Le cuento el motivo de mi visita.

—¿Judith hizo eso? —pregunta alterada—. ¿Por qué? ¿Por qué haría eso?

«No lo sé», pienso, no tengo una respuesta de por qué ella decidió prolongar el dolor de la pérdida. Cada cual, supongo, cae como puede; o se prepara, se protege para aplacar el golpe.

—No sé cómo reaccionaría si fuese cierto. Si Francesco hubiera aparecido... ¿Cómo puede ser eso cierto? No me entra en la cabeza —titubea—. Supongo que debería saberlo… O quizá sería mejor que no.

Me doy cuenta de que tal vez de forma inconsciente —y cobarde— lo haya consultado con ella para no ser yo el que tenga que decidir. ¿Quién soy ahora para Judith? A veces pienso en ese tiempo que compartimos como si hubiera sido una película muda de los años veinte. La actriz que la interpretó a ella ya estaría muerta y lo único que hago es fraccionar los fotogramas. Vivir en un presente en el que ella es un pasado inaccesible.

9

Quizá solo exista una sensación más desoladora que la de haber perdido muchas cosas: ser capaz de recordarlas todas. No poseer siquiera el alivio del olvido. Nada peor que seguir cuerdo cuando uno debería estar loco. Cuando aquello pasó, es decir, cuando ya había perdido a Francesco y luego a Judith, me encerré —sin previa meditación— durante alrededor de seis meses. Conservo nítida la imagen del preámbulo, de mí mismo atravesando el jardín, dar una patada a una pelota desinflada entre las brozas, un par de ratones —o tal vez ratas— cruzar a mi paso; entrar en casa, subir directamente a la habitación, tumbarme en la cama y arroparme con el edredón. Esperar a que la suerte cambiara allá fuera. Desde ese momento mi cuerpo permanecía imantado, se arrastraba por el suelo de ajedrez de la cocina, por el terrazo del salón, por las polvorientas alfombras de las habitaciones. Gambeteaba —término futbolístico tan preciso— entre las baldosas y tablillas de madera hasta vencerse de nuevo sobre la cama o el sofá. Apenas me alimentaba, si bien, tampoco gastaba energía. Ese equilibrio accidental e inconsciente debió ser el único motivo por el que logré sobrevivir. Hasta que un día descubrí que el duelo es compasivo, que llega un momento en el que sobrepasa un límite, como una tuerca que de tanto apretar hace ceder la rosca y libera la presión. Así sucedió: la sensación no desaparecía por completo, pero se atenuaba, se volvía inconstante. Quizá ayudaran las drogas, que mantuvieron mi consciencia mullida en ese limbo tan ansiado.

Hasta entonces había considerado que ser un perdedor atendía a la determinación de fracaso o derrota, que uno debe acostumbrarse a perder porque la realidad es que, en cualquier situación, siempre habrá alguien que te supere. Pero tuve la revelación de que un perdedor debería responder a un sentido mucho más pertinente: el de aquel que pierde cosas que antes tenía. Del mismo modo que el verdadero poder no lo ostenta quien posee la capacidad de dar sino la de arrebatar. Como me dijo una persona entre toda aquella gente que conocí que sufría más que yo, que había pasado más tiempo destruida, que se había drogado más, que había perdido más cosas, que lo había perdido absolutamente todo: «He rogado tanto a Dios de rodillas que acabaron por tener que amputarme las piernas».

10

Se repetía en ciertas ocasiones, de manera habitual después de una discusión.

—Entonces, ¿qué respondes?, ¿sí o no? —preguntaba Judith.

—¿A qué?

—A lo que ya sabes.

—Sí —respondía, sin que sonara convincente.

—Es SÍ o NO. No «sí» —ella imitaba mi tono lánguido con teatralidad—, o «no».

—SÍ.

—¿Para siempre?

—Para siempre.

—¿Y si nos dejamos de querer?

—También.

—No te creo.

—Estaré contigo incluso si nos dejamos de querer.

Ella sonreía, como si así supiera que el conflicto estaba resuelto, me besaba en el cuello y decía que me amaba.

Recuerdo esta conversación y visualizo que a veces había oscuridad y llovía, otras el sol quemaba; que estábamos en el coche, en algún café, en aquella casa de vacaciones en San Juan Pie de Puerto o San Juan de Luz;

que llevábamos manga corta o abrigo; que ella tenía el pelo largo, corto o recogido. Pero el tono, las palabras, las pausas, las reacciones, todo se reproducía con la exactitud de un guion que los dos hubiéramos memorizado.

11

Me pregunto a cuántos cretinos hay que reírle las gracias a lo largo de una vida. Cuántos encuentros en los que se ve uno forzado a transigir solo por supervivencia. Pienso en esta cuestión mientras me dirijo a hablar con Trapero. No es un hombre fácil de ver, por lo que no he contemplado, pese al estado letárgico en el que me encuentro, la posibilidad de cancelar o posponer la cita. Solo podía atenderme unos minutos en un pase privado de una película que acaba de producir. Lo observo sentado en una butaca de las últimas filas. Su mórbido cuerpo se desparrama y rellena el ancho entre los apoyabrazos. Lleva el pelo peinado hacia atrás, es uno de esos hombres de frente estrecha que nunca se quedarán calvos. Hace una señal con la mano para que me acerque y me siente a su lado, como si dijera: «No seas tímido, yo no me voy a levantar». La proyección da comienzo e intuyo que tendremos que hablar cuando termine, que tendré que tragarme la película, pero él apenas se molesta en verla y sonríe con la placidez de percibir su trabajo exitoso. «Un productor de cine debe estar pendiente de todo —es el lema que siempre repite—, saber hasta lo que gasta el catering en el desayuno.

Mover mucho dinero no debe alejarte de conocer el precio de un donut». Por eso, supongo, sus películas consiguen realizarse siempre sin desviarse un céntimo de los presupuestos fijados. Con él nunca hay sorpresas ni imprevistos. «Sobre tu guion, lo que no quiero bajo ningún concepto es un porno-drama», explica sin que yo se lo haya pedido. Me entero de esta forma de que ha decidido cambiar de director. «Nada que tenga que ver con ese cine de hijos de puta como Haneke o Lanthimos. ¿Qué coño se han creído? ¿Por qué tenemos que reverenciarlos? ¿Por no meter música en la película? ¿Están acaso haciendo hiperrealismo?».

Trapero se da cuenta de que no he podido hablar, está acalorado, sudoroso tras su encendido discurso. Por fin me deja intervenir, le planteo los cambios que quiero hacer en el guion de la película. Él me escucha con atención, sin interrumpirme en ningún momento. Cuando termino, se queda callado un buen rato, entrecruza sus manos con una media sonrisa de estupefacción, como si tuviera que dilucidar si acaso le estoy tomando el pelo.

Al comprobar que sigo esperando su respuesta, dice: «No puede ser. Lo que propones no puede ser. Que el niño aparezca es un giro demasiado brusco. Lo cambiaría todo. Sería otra película, una totalmente distinta. No puede ser. ¿A qué viene esto? Estamos a tres semanas de empezar el rodaje. Va a ser una coproducción, los franceses han puesto pasta porque andan interesados en que se ruede allí. —Niega con la cabeza como si acabara de atender un disparate—. Has vendido tu guion, recibiste tu dinero, ¿no? Disfrútalo y deja que se encarguen otros».

Deseo levantarme, marcharme, pero aún tengo que soportar que siga aleccionándome; escuchar su enfebrecida defensa del modelo de cine americano: los preceptos de *El viaje del escritor* de Christopher Vogler, sus doce pasos para conseguir un guion de éxito.

Christopher Vogler, pienso, a él le debemos que todas las películas parezcan iguales, que los guionistas tengan que escribir sobre una plantilla rígida e infantil, la aniquilación de la creatividad. Christopher Vogler, ese sí que es un hijo de puta.

12

Cuando tenía diecisiete años, una amiga se marchó a Edimburgo. Recuerdo que a los pocos días recibí una postal suya en la que me contaba que había encontrado trabajo en una fábrica de galletas. En el reducido espacio que permitía la postal no quedaba lugar para más explicaciones, pero recuerdo exactamente esas palabras: «He encontrado trabajo en una fábrica de galletas». Perdí la postal y, al no conocer su dirección, no pude corresponderla.

Ella no volvió a escribirme. Supongo que regresaría algún día de Edimburgo, pero nunca he conseguido recordar quién era. Durante años lo intenté, traté de encontrar a esa chica que me escribió la postal para poder explicarle por qué nunca llegué a contestarla. Me resultaba más sencillo preguntar a todas mis amigas si fueron ella que acordarme yo: «¿Seguro que no fuiste tú la que se marchó a Edimburgo una temporada y trabajó en una fábrica de galletas?». Unas aseguraron que nunca estuvieron en Edimburgo y otras que nunca trabajaron en una fábrica de galletas. Comprendí entonces que esa chica ya no era mi amiga y tal vez no lo fuera porque nunca llegué a responder su postal.

Hay personas con las que he tenido una gran amistad durante poco tiempo y otras con las que he mantenido una pequeña amistad duradera.

No se pierde la amistad, se pierde a las personas.

13

A veces el sueño vence al cuerpo y otras es el cuerpo el que vence al sueño.

Ruidos existencialistas. El movimiento de las ramas de los árboles, las hojas secas arrastradas por el viento, el chapoteo de unos alcaudones sobre la piscina, las goteras del tejado sobre el terrazo, el traqueteo de las ventanas, el llanto interior. Antes cualquier sonido era susceptible de hacerme creer que no estaba solo, que ellos se encontraban en la casa. Me incorporaba y casi llegaba a llamarlos.

El cuerpo ahora me pide levantarme, un ánimo de hacer algo satisfactorio me sacude de improviso. Un amago de resurrección. No dura demasiado, solo lo suficiente para alertarme de que una consciencia se sobrepone a otra consciencia, un recuerdo sustituye a otro recuerdo, una emoción activa otra emoción, y no sentir nada debe ser el estado natural, el equilibrio. La sensación de que la tristeza pueda desaparecer solo por unos instantes resulta aterradora. De inmediato busco la traslación al sentimiento de culpa, como si no entristecerse fuera delito.

14

—No voy a ser un *vitelloni* —le decía a Judith. *Vitelloni* es el título original de *Los inútiles*, la película de Federico Fellini del año 1953. Este término italiano, que no tiene una traducción literal al castellano, define la vida de sus protagonistas: jóvenes —no tanto, ya que rondan la treintena— que son mantenidos por sus familias, estancados en una deliberada adolescencia, que no se dedican a nada productivo, salvo escabullirse de trabajar y eludir cualquier tipo de compromiso para así dedicar todo su tiempo al ocio más abyecto.

—¿Por qué no? —preguntaba ella.

Le conté que su padre me había ofrecido sutilmente entrar en su negocio y yo lo había rechazado.

—Bien hecho. Yo también lo hice.

Ella no entendía mi preocupación, que su padre pensara que estaba con alguien como yo, un tipo sin un empleo, solo con sueños, que aún no sabía hacia dónde iba y, por tanto, era susceptible de llegar a tener que mantener.

—¿Qué pasa? ¿Te has asustado? —preguntó como si mi suspicacia la decepcionara.

—Todos se opondrán —dije.

Ella me miró a los ojos, sonrío y, como si efectivamente yo fuera un chiquillo asustado, dijo:

—Como debe ser.

15

Unas piernas desnudas hasta la mitad de los muslos formando un ángulo de treinta grados; una gota desciende, lentamente, desde la ingle derecha hasta el tobillo, trazando una línea recta por la región interior. Cuando la gota termina de deslizarse sobre el pie, comienza a ascender realizando el recorrido inverso, hasta llegar a la mitad del muslo y salir del plano.

Un jurado calificó aquella pieza de videoarte como «una puesta en escena aparentemente sencilla, de una belleza tan evocadora como efectiva, que suscita una compleja capacidad de provocación». Ganó el premio en aquel festival, lo que permitió que uno de mis guiones lograra captar la atención de una productora.

Me había inspirado en una vivencia de mi infancia. En las vacaciones mis padres solían alquilar siempre la misma casa en una urbanización cercana a una ría. A lo largo de los años se había establecido allí una pandilla de amigos. Dábamos paseos en bicicleta, nos bañábamos en la ría, escuchábamos música, jugábamos, nos peleábamos. Un día estaba tumbado al sol, secándome en el espigón, cuando vi que Rebeca —una chica de la pandilla— venía caminando hacia mí con un vestido largo y azul que ondeaba a su paso. Se plantó delante, se quedó ahí de pie, inmóvil. Tragué saliva, me puse nervioso, luego comencé a temblar. La había visto hacer aquello con otros chicos y comprendí que ese día iba a ser yo el agraciado. Avanzó dos pasos más, midiendo con rigor que sus piernas quedaran a ambos lados de mi cabeza y su vestido la cubriera. De pronto, vi resbalar por una de sus piernas delgadas una gota de agua dulce, al menos, eso creí que sería en aquel momento.

Recuerdo que no había atendido las dos primeras llamadas de un número desconocido. Lo hice a la tercera, al día siguiente, solo por sospechar que aquella insistencia podría deberse a algo urgente relativo a la desaparición de Francesco. Una voz apacible preguntó por mí con cierto regodeo y presentí una gran distancia en aquellas cuatro palabras, la pertenencia a un mundo distinto al que yo me encontraba. Corroboré mi nombre y apellidos, todavía sin demasiado espíritu, y entonces la voz intensificó su entusiasmo, como si la noticia fuera a cobrar su verdadero sentido para mí. Lloré con desesperación por lo que suponía, para una persona acostumbrada a la constancia de la derrota, aquella pésima broma de la vida. La voz al otro lado ignoraba, no podía saber que hacía apenas cuatro días había perdido a mi hijo. Lo más extraño fue que aquella persona no percibió que fuera llanto lo que yo expresaba, sino risa, y es posible que estuviera en lo cierto. Fueron dos actos tan cercanos, tan alejados a la vez, que ni yo mismo poseía facultades para distinguir uno de otro.

16

Era uno de esos lugares imperceptibles, los que uno puede franquear todos los días y jamás fijarse en él. Se llamaba El Paso. Su ambiente aglutinaba una peculiar mezcla de elementos que delataban tanta dejadez como esmero. No sabía si definirlo como un bar mugriento con aspecto de pulcro o un bar pulcro con aspecto de mugriento. A veces me daba por fantasear con que su nombre provenía de América, México, lo que le otorgaba, quizá sin merecimiento, un cierto glamur; otras, sencillamente lo contemplaba como un nombre vulgar cuyo origen respondía a su ubicación en un sitio de paso. A menudo, más de lo que querría reconocer, paraba por allí.

Lo descubrí un día a medianoche, cuando vagaba por las solitarias calles de camino a casa y su luminoso era el único que centelleaba. Recuerdo entrar con la prudencia de desconocer —el cierre no estaba del todo echado— si se encontraba abierto. Saludé al vacío y, a los pocos segundos, un hombre de mediana edad, alto y encorvado, apareció tras apartar unas cortinas de detrás de la barra. Salió con los ojos alterados, aspirando y tocándose la nariz de forma compulsiva.

—¿Está abierto? —pregunté.

—Más que estar abierto, es que me olvidé de cerrar —contestó él.

Hice ademán de retirarme cuando añadió:

—¿Qué puedo ofrecerte?

—¿Sería posible algo de comer?

Habida cuenta de que incluso había limpiado la máquina del café, parecía demasiado pedir.

—Tampoco he cerrado la cocina —dijo como si también esto fuera fruto de un descuido—. Algo habrá. Puedo hacerte un sándwich.

—Un sándwich sería perfecto. Vivo aquí al lado, pero hoy no tengo nada en la despensa.

Me entregó una carta con huellas de grasa, me explicó los únicos disponibles y me decanté por el especial de pavo con queso y jalapeños.

Él asintió.

Cuando iba a retirarse a la cocina, pregunté, casi de forma instintiva:

—¿Y algo de coca?

Él hizo una mueca de sorpresa, pero no indicativa de haberse ofendido, sino de no querer problemas.

—Voy a hacerte el sándwich —dijo.

Volvió a meterse en la cocina.

La televisión, silenciada, con subtítulos, emitía un anuncio que reproducía una escena de la película *Coffee and cigarettes*, de Jim Jarmusch, en la que Tom Waits e Iggy Pop filosofaban sobre el vicio del tabaco, el acto de abandonarlo, mientras tomaban café sobre una mesa de tablero de ajedrez. Dos actores caracterizados como ellos los representaban en el anuncio. Después, una voz en off explicaba: «Los granos, cien por cien mezclas arábicas de Guatemala y Etiopía, son lavados y secados al sol, tostados a mano. Aromático, suave, de acentuada acidez con matices afrutados. Café Badalamenti». Y al final, el actor que personificaba a Tom Waits decía: «No me fío de la gente que no bebe café».

—¿Sabes que la idea de ese anuncio fue mía? —le dije al hombre mientras él depositaba el plato con el sándwich en la barra. No pareció impresionarlo, o tal vez no llegara a creerme—. No estoy diciendo que el anuncio sea mío —aclaré—, solo que le di la idea a la persona que lo hizo.

Él mantuvo un gesto neutro, como si aquello le diera exactamente igual o la experiencia le sugiriera que era preferible no alimentar los delirios de grandeza de sus clientes.

Mientras masticaba el sándwich, como si me hubiera convertido en su invitado, charlamos de fútbol, del barrio, de su negocio, de su agitada vida amorosa, hasta que en algún momento dijo:

—¿Puedo hacerte una pregunta?

Asentí.

—¿Por qué quieres coca? Se nota a la legua que nunca te has metido.

No supe qué contestar, por lo que él comprendió que le estaba dando la razón.

Después, sin que consiguiera ver una conexión, preguntó:

—¿Dirías que yo soy gay?

Me había perdido en la conversación.

—¿Por qué iba a pensarlo?

—Hay gente que me conoce que lo cree. Le sorprende descubrir que no sea así. ¿Sabes por qué están confundidos? Porque yo me follo todo. ¿Entiendes? Pero a ti se te ve que no eres de follarte todo. Un consumidor de coca reconoce rápido a otro, y yo a ti no te reconozco.

Después de exponer su teoría, cogió un bloc y anotó en él algo con un bolígrafo, arrancó la hoja y me la entregó.

—Máxima discreción —dijo.

Había escrito el nombre de una calle, un portal y un número de piso.

—¿Qué es?

—El lugar donde obtendrás lo que buscas. No lo compartas. Máxima discreción —repitió.

Le di las gracias, pagué el sándwich y le dije que pasaría por allí alguna otra noche que se hubiera olvidado de cerrar.

17

Estábamos en San Juan Pie de Puerto o San Juan de Luz. En la terraza del café París. Esto último sí lo recuerdo, pero, aparte de no tener ningún mérito, tampoco sirve de ayuda. ¿Acaso hay alguna ciudad de Francia —me atrevería a decir del mundo—, por pequeña que sea, que no tenga un café París? Algunos de los escasos residentes cruzaban por delante de nosotros, venían de sus quehaceres diarios, de comprar el pan, la leche, el periódico o pasear al perro. Judith leía un libro con las piernas apoyadas sobre las mías. De vez en cuando sorbía su té o partía su cruasán con la mano y se llevaba a la boca un pedacito minúsculo. Parecía querer dilatar ese momento, que el desayuno se extendiera toda la mañana. Cuando ya no quedaba ninguna miga de su cruasán ni té en su taza, me pedía que me levantara para reponerlos.

—Estaría siempre de vacaciones —dijo.

—No puedes estar de vacaciones si no trabajas —respondí.

—Pero si trabajas, tampoco puedes estar siempre de vacaciones. Lo que pretendo decir es que no quiero continuar así. Tiene que haber otro tipo de vida —dijo con la seguridad de haber experimentado una revelación—. Odio la ciudad. No puedo volver a vivir en una gran ciudad. Necesito un sitio como este.

—Ya pasamos mucho tiempo aquí.

—¿Y qué? Tú no tendrías problema con que nos quedáramos. Puedes escribir en cualquier parte, no tenemos necesidad de vivir en una ciudad.

Solo asentí.

—Otro tipo de vida —repitió, como si reflexionara en voz alta.

—Tampoco se puede empezar otra vida si no has terminado una anterior —dije.

Ella continuó leyendo mientras yo observaba ensimismado el horizonte.

Pasó una página y, sin levantar la vista, dijo:

—Creo que estoy embarazada.

18

El cielo es uno de los elementos que más hay que cuidar en la composición de una fotografía. Si hay sobreexposición, es decir, el obturador de la cámara permanece abierto durante más tiempo del necesario, esta recogerá más cantidad de luz de la considerada apropiada, provocando que la región más luminosa del cielo pierda detalle, hasta llegar a lo que se denomina «cielo quemado». Este es el gran enemigo de un fotógrafo, lo que estropea cualquier buen disparo: un cielo con un fondo uniforme de color blanquecino, sin presencia de nubes, sin relieve ni profundidad.

En la fotografía siempre hay posibilidad de corregir esta clase de errores. Retocar los cielos mortecinos para transformarlos en vívidos; teñirlos de azul, naranja o amarillo y abotagarlos de nubes.

Los cielos, en definitiva, que todo el mundo espera ver.

19

Recuerdo la expresión que utilizó mi hermano la última vez que lo vi: «Estás apolillado». A veces, quien más te ayuda es quien menos te comprende y te hace ver las cosas desde esa distancia tan remota de ti mismo.

Me había convencido para que lo acompañase a ver a un amigo en común que iba a asar un ciervo en su finca. Cuando me recogió en su coche, me contó que había discutido antes de salir de casa con su mujer, ese era el motivo de que ni ella ni su hija de ocho años vinieran con nosotros.

—Sé que Rocío y yo nos separaremos, quizá no sea hoy ni mañana, pero he asumido que ocurrirá.

Yo también lo creía. Pero solo dije:

—¿Seguro que Julen me ha invitado?

—Lo ha hecho a través de mí. Dijo: «Y dile a tu hermano que venga». Eso es invitarte, ¿no?

—¿El ciervo lo ha cazado él? —pregunté.

—No lo sé. Eso no lo ha especificado. ¿Por qué?

—Nunca he comido ciervo, pero parece más honesto si previamente lo has cazado tú mismo.

—¿De verdad? ¿Te planteas lo mismo cada vez que comes cochinillo o cordero?

Negué con la cabeza.

—Un ciervo es distinto.

—¿Por qué es distinto?

Recorrimos varios kilómetros callados.

Nunca nos ha incomodado el silencio. Cuando de pequeños viajábamos con nuestros padres, íbamos los dos en el asiento trasero del coche y podíamos realizar todo un trayecto de seis o siete horas sin intercambiar una sola palabra. Asimismo, podíamos pasar las vacaciones jugando a las palas en la playa, pescando, bañándonos o viendo la televisión entre inmensos silencios. Aprendimos a desarrollar la capacidad de comunicarnos sin hablar.

Él conducía nervioso, miraba hacia ambos lados de la carretera sin que nada sucediera, de vez en cuando repiqueteaba con las yemas de sus dedos sobre el volante.

—Pon música —dije.

—Sabes que no me gusta escuchar música en el coche. Cuéntame tú algo.

—No tengo mucho que contar.

—Lo que sea. ¿Qué ha pasado con esa idea de irte?

—¿Adónde?

—No lo sé. ¿No dijiste que pensabas regresar a Francia y empezar de nuevo?

Tuve que rebuscar entre mis propias palabras, en mi memoria empañada.

—Ahora no tengo fuerzas para volver a construir nada.

—¿Y qué has construido aquí? Vives solo, encerrado en ti mismo, en una casa en ruinas. No veo que hayas construido nada. Lo único que haces es destruir todo a tu alrededor.

—¿Eso crees?

De pronto, mi hermano viró de forma brusca para acceder por el margen de la carretera a una estación de servicio. Deduje que sus nervios se debían a que buscaba desesperadamente parar, ir al baño y tomar un café.

Estábamos sentados a una mesa, yo miraba un viejo televisor sobre una estantería que colgaba de la pared.

—Es extraño que ahora haya fútbol a mediodía —dije—. En las televisiones de tubo como esa se veía mejor. ¿Te acuerdas? Echaban un partido del Athletic en San Mamés, en el antiguo, y el frío traspasaba la pantalla.

Él se encontraba de espaldas y se giró para observarlo.

—Y en Atocha —apuntó sin demasiado interés. Él en realidad quería hablar de otro asunto. Se giró de nuevo hacia mí y dijo—: No es que crea que te estás destruyendo, es que lo veo, como tú sabes que me acabaré separando de Rocío. Y te diré algo: te culparán. Quizá aún no lo hayan hecho, pero acabarán por hacerlo. Tienes que estar preparado para afrontarlo o desaparecer antes de que eso suceda. Cuando dejen de quererte, y nada te una ya a ellos, te culparán y te destrozarán. Más de lo que ya estás.

Nos quedamos un rato en silencio, recreándonos en la textura del campo de fútbol, las caras y las camisetas de los jugadores en aquel viejo televisor de tubo, como una reminiscencia de nuestra infancia. La vida en aquel entonces también parecía mejor.

Regresamos al coche y reemprendimos el camino.

Mi hermano dijo:

—¿Recuerdas cuando un día cazamos unos saltamontes y decidimos asarlos? Los achicharramos, pensábamos que serían crujientes y sabrían a pollo, pero eran pastosos y sabían a pescado podrido.

En la casa que nuestros padres alquilaban en verano había una barbacoa, mi hermano y yo habíamos aprendido a encenderla y hacíamos experimentos asando todo tipo de animales que capturábamos en los alrededores. Como todas las cosas que recuerdo haber hecho con mi hermano, soy capaz de reproducir los momentos, incluso ese sabor repugnante del saltamontes en mi paladar, pero no soy capaz de rememorar una conversación sobre ello.

—No sé si me va a gustar el asado de ciervo —dije.

No volvimos a hablar durante el resto del trayecto.

20

Sentía que el mundo me observaba, que cada vez que pisaba la calle era reconocido y señalado, como si toda presencia a mi alrededor supiera quién era y lo que hice. «Tengo que poner fin a esto», me repetía cuando sucedía.

Acudí a la dirección que me facilitó el camarero de El Paso, lo hice tal como él me había advertido, preservando la discreción y sin compartirlo con nadie. Él, aparte de anotarlo en un papel, no me había ofrecido ninguna otra instrucción, por lo que mis expectativas sobre el lugar fluctuaban entre el entusiasmo y la desconfianza.

Llegar hasta allí fue —en esto mi intuición no falló— como abrir un juego de muñecas rusas. Tuve que acercarme primero al territorio desconocido del extrarradio; una vez allí, buscar el número diez de una calle estrecha, de suelos enlodados sobre los que se alzaban edificios cochambrosos. Los locales de alrededor eran salones de juego, kebabs, tiendas de decomisos, ropa al por mayor, locutorios y antros con sospechosa ausencia de rótulos esclarecedores. Había individuos deambulando, aparentemente ociosos, pero con miradas escrutadoras, vigilantes a cualquier movimiento. El portal número diez se encontraba abierto, una vez en su interior tuve la impresión de que se tratase de un edificio abandonado y bajo signos de ocupación. Paredes pintarrajeadas, un par de colchones apilados, restos de mobiliario, latas de cerveza y prendas harapientas esparcidas por el suelo. Hacia el interior no había luz, apenas podía distinguir los escalones. Debía subir hasta el último piso. Allí solo había una puerta, como si la vivienda fuera independiente a las del resto del edificio. Empecé a experimentar la excitación del miedo. La puerta se abrió y solo vi un pasillo largo. Hasta que entré, me giré y la persona cerró no pude comprobar quién se encontraba detrás. Era una mujer extraña. En una primera impresión calculé que debía de ser bastante mayor, cercana a los sesenta años, pero después me pareció más joven. Mis apreciaciones variaban según la luz incidiera en ella, según hablara o se moviera. Me invitó a que la siguiera a través del largo pasillo sin decir ni preguntar nada, luego a sentarme en un sofá de un salón de escasa iluminación, como si no pudieran apreciarse sus delimitaciones. El espacio suscitaba una especie de boceto onírico.

Le dije con torpeza que era mi primera vez y no sabía cómo funcionaba esto, aunque llegados a ese punto debió de sonarle estúpido.

—Conozco a todos los que vienen —respondió con una voz aceitosa, como si necesitara un empuje para emerger—. Tú solo tienes que dejarte llevar. Sobre todo, confiar. Esto se basa en la confianza. Háblame de cómo te sientes, de cómo quieres sentirte. Considera que estás ante una psicóloga a la que le cuentas todo.

Aguardó pacientemente mi respuesta, sin presionarme.

—Quiero relajarme. Tan solo relajarme. No pensar.

Ella siempre reaccionaba bastante después de que yo hablase. Entendí que era algo natural en sus modales, dejar un espacio respetuoso hasta comprobar que yo hubiera terminado.

—Entra a esa habitación —dijo—. Tómate tu tiempo y ponte cómodo; desnudo, vestido, como tú prefieras. Yo iré enseguida.

Esperaba no haberme equivocado, que ella no se equivocara. La habitación era minúscula, lo justo para empotrar una cama de ochenta centímetros contra tres paredes y una mesilla. La pequeña y única ventana se asomaba a un patio cerrado. Empecé a encontrarme inquieto en aquella espera, sin capacidad para decidir por mí mismo el modo de acomodarme en un espacio tan impersonal, no diría sórdido, pero tampoco acogedor.

La puerta se abrió y la mujer me encontró sentado en la cama. Como ya me había fijado en un par de ocasiones, los músculos de su rostro presagiaban que iba a sonreír, pero finalmente no llegaba a hacerlo. Solo me observaba, como si expresara: «Veo que no te has puesto cómodo». Para remediarlo, me ayudó a desabrocharme la camisa, a tumbarme y colocar mis piernas sobre la cama. Todos sus movimientos se coordinaban con suavidad, pero también con distancia, dejaba claro que ella en todo momento era quien manejaba la situación. Reposé las manos sobre mi vientre, como cuando uno se reclina en la silla del dentista con la certeza de que no queda otra opción más que confiar. Cerré los ojos y supe que esta situación se sumaría a aquellas otras en las que me dejaba guiar por mi inconsciencia, que el arrepentimiento llegaría después de consumar el acto; cuando la sangre, después de la máxima excitación, de haber abandonado toda actividad cerebral, regresa a su sitio y vuelve a conectar los circuitos de la cordura. Escuché un leve tintineo de objetos que chocaban, de repente una punzada, una ligera presión en el brazo, seguida de una quemazón. Apenas me dio tiempo a sentirlo porque, de inmediato, me invadió un hormigueo impetuoso, un bienestar que hacía tiempo que no experimentaba. Mi corazón bombeaba, las venas vibraban y expandían esa sensación desbocada hacia todo el cuerpo. Un golpe de éxtasis violento. Todo comenzó a ser clarividente. Me vi a mí mismo ascender, despegar del colchón, como si pudiera alcanzar el techo y desde esa altura divisara otra perspectiva de la habitación; también del exterior, las paredes se desplazaban, las dimensiones se reconfiguraban; me asomaba a la ventana y en lugar de un patio cerrado divisaba una vista aérea infinita, la panorámica de un nuevo mundo a explorar. De pronto todo ardía. Un fuego que no quemaba.

El cuerpo cayó vaporoso sobre el colchón, como si recuperara su gravedad. Me quedé absolutamente extenuado, como un globo hinchado que se desinflara. Entreabrí los ojos. Estaba solo en la habitación, sin saber a ciencia cierta cuánto tiempo habría transcurrido. Nada me preocupaba, la propia existencia había dejado de ser relevante.

La mujer regresó con una taza humeante en su mano, percibí un olor intenso que no reconocí. Depositó la taza con suavidad sobre la mesilla y se sentó en el borde de la cama, como si quisiera comprobar que todo fuera bien.

—Bébete esto. Es limón con jengibre. Te reactivará.

—¿Cómo supiste…? —pregunté mientras recuperaba la voz.

—En lo que interpretamos, lo que intuimos, suele estar la única verdad. Es lo que aplico cuando alguien viene aquí por primera vez. Las siguientes resulta más sencillo o, no creas, a veces más complicado.

Bebí la infusión. Me quemaba los labios. El sabor, como cualquier otra sensación que experimentaría a partir de ese momento, lo percibía amplificado.

—Puedes salir cuando quieras. No hay prisa.

Entendí que no íbamos a volver a hablar, que en el resto de habitaciones tendría otros clientes de los que ocuparse.

Cuando abandoné el edificio, la ciudad se había vaciado, las calles y fachadas presentaban colores vívidos; respiraba todo tipo de olores, paladeaba las partículas que circulaban en la atmósfera. El cielo era nítido, lleno de nubes esponjosas y tridimensionales. Era capaz de distinguir decenas de tonalidades de azul y otras tantas de blanco. Percibía sonidos alrededor: pisadas, silbidos, risas, suspiros, voces… pero, sobre todo, sentía que nadie parecía fijarse en mí.

Nadie sabía quién era ni lo que hice.

21

La madre de Judith, aunque sea a consecuencia de su subterránea locura, resulta más accesible que su padre. Nicolo es otra cosa, un patriarca sobreprotector, invasivo, de los que evangelizan a sus hijas en una estampa de imperecedera juventud y pertenencia. Responde, además, a ese tipo de temperamento que gusta de poner las cosas difíciles, que nunca tuerce su brazo aunque le partan los huesos. Hubiera deseado dejarlo al margen, pero me veo en la obligación de hablar con él. De ningún modo tengo motivos para pensar que ahora vaya a ser diferente y allane el camino.

No puedo negar, eso sí, que sus transferencias mensuales a Judith permitieron que pudiéramos pagar el alquiler y en muchas ocasiones incluso la comida durante una etapa de dificultades. Cuando tenía delante a Nicolo veía caérsele el dinero entre las costuras de su ropa de marca. Nunca hubiera imaginado que el negocio del café pudiera brindar tan fértiles beneficios. Café Badalamenti, originario de Verona, 1874. Giussepe Badalamenti lo creó en una modesta tienda de barrio, hasta que su café se hizo popular en toda Italia y acabó por conquistar media Europa. El café Badalamenti vivió tres generaciones hasta llegar a Nicolo. Es, en efecto, un café del que sentirse orgulloso, nosotros siempre lo teníamos en casa. Así nació Nicolo, entre granos de café en Verona, y no tuvo más que velar por su distribución. Mantenía también a tres familias de tres matrimonios fracasados. Judith fue fruto del tercero, el único del que tuvo un solo retoño. Con cada una de las otras dos mujeres tuvo dos hijos varones. «Cuatro lerdos», como decía Judith. Por eso para Nicolo ella representaba su mayor obra en la vida, el codiciado diamante entre cuatro piedras.

Nunca llegué a saber qué pensaba realmente de mí porque, al igual que su hija, era un buen mentiroso. Recuerdo que a los pocos días de que ella nos presentara me sorprendió con una llamada para invitarme a comer. Cuando acudí a la cita solo lo encontré a él. «Finalmente Judith no podrá venir», dijo.

Fuimos en su coche —un Mercedes con tapicería de cuero marrón, el acabado exclusivo, el más hortera que suelen diseñar los fabricantes de coches para tipos como él— a un club privado de tenis del que era socio. Atravesamos un salón con una decoración minimalista, geométrica y colorida del estilo Bauhaus, bajamos por unas escaleras y aparecimos en un restaurante italiano, «napolitano», especificó él, como si la generalidad fuese una ofensa.

Nicolo eludía hablar de la ausencia de Judith, se hacía el despistado, como un chico travieso que ya hubiera perpetrado su engaño. Trató de ser amable y cercano conmigo. Podía pedir lo que quisiera, todo era exquisito, casero y auténtico. El camarero le sugirió un vino fuera de carta. De fondo se escuchaban las conversaciones ebrias de hombres con trajes caros y pelos grasientos.

Cuando nos sirvieron la comida, sobre un mantel de cuadros rojos y blancos, él señaló su plato de *fettuccine* con roquefort y dijo: «La pasta. Lo mejor que hay. De lo contrario, ¿por qué gusta a todo el mundo? No hay debate, pero como se ha convertido en algo tan ordinario no le brindamos su verdadero valor. Es sencilla de elaborar, ¿y qué? Pienso en la estupidez de que unos orcebreiros se jueguen la vida para extraer de unas rocas un molusco que no querría ver en un plato, que apartaría como la ensalada del bistec».

No fui capaz de disfrutar de aquella buena comida, de la compañía de un hombre al que medrosamente trataba de satisfacer. Él también se esforzaba, a pesar de sus reticencias, en conocerme, en medirme. Recuerdo que me hablaba de sus viajes, de la apertura de nuevas exportaciones, de cualquier vicisitud soporífera mientras yo me detenía en contar los billetes que habría ido dilapidando. Si me decía que había estado diez días en Myanmar, yo pensaba en el porcentaje de financiación que supondría ese dinero para una película. Supongo que albergaba la esperanza de que algún día se interesara en la producción, pero también recuerdo que cuando Judith le contó que yo me iba a dedicar al cine, él, que al parecer no era muy aficionado, le preguntó: «¿Y qué piensa hacer en el futuro?».

Me impone cierto respeto volver a verlo, me abruma, y no porque lo considere un hombre brillante, sino por su presencia, tan directa y agresiva, sin por ello perder nunca la cordialidad. Calculo que ahora tendrá alrededor de setenta años.

Él no espera mi visita, no lo he llamado antes porque no conservo su número de teléfono ni ninguna otra forma de contactar, tan solo recuerdo la dirección de su casa. Se sorprende de encontrarme al abrir la puerta. Me invita a entrar. Tiene un amplio jardín donde, según comenta, le gusta comer los días que hace buen tiempo como hoy. Apenas sale de casa y percibo, por su aspecto mustio, que no miente. Nos sentamos en el salón. Me pregunta si tomo café y le respondo que no, pero aun así lo prepara y lo trae en una bandeja. Iniciamos la conversación tratando de averiguar el tiempo que hace que no nos vemos. Sus movimientos son pausados, su manera de hablar más moderada, ha perdido algo de su característico vigor. De pronto se queda callado y me dirige una mirada como si acabara de descubrir que estoy en su casa, como si en ese preciso momento se preguntara a qué diablos he venido.

Le cuento sin rodeos que un hombre me llamó para informarme de que había encontrado a Francesco.

Él enmudece, se queda paralizado. Despega su cuerpo del respaldo del sillón y se acerca a mí como si temiera que alguien pudiera escucharnos pese a estar solos.

—¿Y es eso cierto? Lo que pregunto es… ¿Has verificado que sea él?

Yo niego con la cabeza.

—Solo vi unas fotografías.

Él parece no dar crédito.

—Y… ¿era él?

—No lo sé. Podría ser Francesco como podría ser un adolescente de dieciséis años que se pareciese a Francesco.

Nicolo suspira y vuelve a recostarse para descansar sobre el respaldo de su sillón.

—No deberíamos darle una noticia así a Judith sin estar completamente seguros. Esto podría resultar desequilibrante para ella —divaga con afectación—. Por fin parece haberlo superado. Ella está ahora muy centrada.

—Yo también lo estaba hasta que recibí la llamada.

—Es absolutamente falso, no recuerdo la última vez que estuve centrado, pero quiero que reciba el mensaje—. Creo que le podría hacer bien saberlo. Al fin y al cabo, fue ella quien decidió continuar la búsqueda.

Él se queda ensimismado. Después, como si no tuviera más remedio, confiesa:

—Fui yo.

—¿Tú?

Arquea las cejas y aprieta los labios.

—No fue fácil para nadie. Además de perder a mi nieto, llegué a temer perder a mi hija. Todo lo que aquello supuso para ella... Su sufrimiento fue insoportable, fue...

—Si le echo un poco de imaginación, seguro que no me cuesta mucho hacerme a la idea.

—Disculpa —rectifica—. Tienes razón. No pretendía... Por supuesto, sé lo que fue también para ti. Pero no sabía qué hacer, cómo ayudar, y pensé que...

—¿Ella no lo sabe?

Él niega con la cabeza.

—¿Y yo?, ¿no debería haberlo sabido? Me dejaste fuera, como si la cosa ya fuera entre vosotros.

—No lo tomes así, por favor.

—¿Cómo debo tomarlo?

Él se siente acorralado y se defiende como una fiera.

—Tú desapareciste. No estabas en condiciones, no se podía contar contigo para nada. La dejaste sola. Te volviste un yonqui. Tal vez ni lo recuerdes, pero traté de ayudarte a ti también. Hasta donde pude. No estaba en mi mano intervenir en decisiones que debías tomar tú mismo o tu familia.

Admito la cobardía en mi modo de afrontarlo, quise aniquilar todo pensamiento, alojar la certeza de que el niño había desaparecido. Lo habíamos buscado más allá de lo razonable, incluso de la evidencia que obligaba a asumir su pérdida. Y en algún momento, nunca me he parado a analizar cuándo ni por qué, alcancé ese pragmatismo necesario para engañar al dolor.

—Todo eso da igual ahora —prosigue Nicolo—. A ti también te veo mejor, es lo importante. Si esa noticia es cierta, viene a demostrar que estábamos equivocados. No quise darme por vencido, pero la verdad es que no albergaba demasiadas esperanzas de que fuese a ocurrir nada. Por eso es preferible que, hasta estar completamente seguros, esto nos ataña solo a ti y a mí.

—No. Esto es solo entre Judith y yo.

Me pregunto si tal vez esté siendo injusto con él. Algo de razón tiene en que perdió a su nieto y yo hice desgraciada a su hija.

—No soy tu enemigo —dice—. Fuiste una persona difícil, reconoce eso al menos. No sé el modo de hacerte ver que lo único que siempre he pretendido es ayudar. Quiero ayudar. Iré contigo a verificar que sea el chico.

Otra vez esa palabra, *verificar*, como si se tratara de la autenticidad de una pintura que fuese a adquirir para su colección.

—Lo único que me ayudaría seria compartir esto con Judith.

Él suspira. Luego, como si mi respuesta no fuese a tener opción de enmienda, pregunta:

—¿Es eso lo que quieres? ¿De verdad crees que eso es lo mejor?

Inclino la cabeza.

De pronto dudo qué es lo que quiero, qué es lo mejor para Judith, qué es lo mejor para mí. Él coloca su mano sobre mi nuca. Siento la comunión, el afecto de un gesto paternal.

—Esto a vosotros os supera —dice como si supiera perfectamente para qué he ido y me hubiera quebrado—. Fue un error que el detective tratara de llamarla a ella, que llegara a llamarte a ti. Deja que yo me ocupe.

Salgo de su casa, me alejo atravesando el porche, me giro y compruebo que él me observa desde la puerta. Cuando va a cerrar, grito:

—¡Nicolo!

Él se detiene.

—¿Sí?

—¿Dónde estaba aquella casa?

—¿Qué casa? —pregunta como si no supiera de qué le hablo.

Me quedo un rato pensando, las palabras se quedan en mi interior: «¿San Juan Pie de Puerto o San Juan de Luz?».

—No importa —digo.

22

El rodaje de la película dará comienzo en un par de semanas. El director tiene una agenda apretada, pero quiere que me reúna con él y los actores principales para repasar algunos detalles del guion. No pongo demasiada atención a nada de lo que dice, apenas he retenido algo de lo que me ha comentado en la conversación telefónica. No estoy en condiciones de involucrarme en la película que escribí. Todo ha cambiado por completo. La idea de reescribir el guion martillea en mi cabeza como un enemigo que he creado contra mí mismo. Busco toda clase de justificaciones: ¿Acaso Francis Ford Coppola no comenzó el rodaje de *Apocalypse now* con el guion incompleto? Ni siquiera tenía un final decidido. Escribía por la noche lo que iba a filmar a la mañana siguiente.

Soy el primero en llegar a la sala de ensayo. Al poco aparece la actriz, Ileana Rosado, lo que significa que no se llama Ileana ni se apellida Rosado. Ella será Judith en la película, así que he venido concienciado de que este encuentro no me va a dejar indiferente. Hasta ahora solo la he visto en un par de ocasiones. No he interactuado con ella, pero en ambas he detectado una molesta inclinación por hacerse notar.

«No me gustan los hoteles», respondo a su pregunta de por qué me alojo en una pensión y no en el mismo hotel junto al resto del equipo. Llega el director. Es un hombre de edad avanzada, pero, a decir verdad, poco experimentado. No es que yo haya escrito muchos guiones ni trabajado con muchos directores, pero esas cosas se perciben rápido. El actor, que utiliza su nombre real, Harkaitz Azpiazu, se presenta tarde. Cree que es una estrella porque ha aparecido en un par de películas y en una serie de televisión.

—No quiero que nos ciñamos a una lectura exhaustiva del guion —les solicita el director—. Actuad, improvisad, quiero veros a vosotros.

Su petición resulta irónica en mi presencia.

—Yo no actúo —replica Ileana—. Yo soy el personaje.

Cuando la observo, me obsesiono con encontrar en ella a Judith, examino sus ojos, sus labios, sus dientes, su piel, su voz, sus movimientos.

—A mí no me gusta memorizar el guion ni leerlo completo antes de rodar —dice Harkaitz—. Si sé lo que va a pasar, no puedo vivirlo con la misma intensidad que el personaje. Es mi método para actuar con la mayor credibilidad posible.

Me doy cuenta de que amaba el mundo del cine cuando no pertenecía a él, cuando era una fantasía a la que anhelaba pertenecer. Un mundo poblado de fingimiento delante y detrás de la pantalla, de fachadas de cartón, de personas infames que responden a un nombre que no es el suyo; un mundo obsceno donde todo es mentira y nada tiene la categoría que presume.

Los dos actores, con su aspecto desaliñado, desvestido del celuloide, danzan en una coreografía de egos absurda.

Estoy convencido de que nadie pagaría por ver una película si asistiera a los entresijos de su producción. El director y el actor se marchan después del ensayo. Ileana, sin embargo, no parece tener prisa, recoge sus cosas con parsimonia. Nos hemos vuelto a quedar solos. Ella me cuenta que antes de esta película rodó una donde su personaje debía tener acento argentino. Lo trabajó tanto que desde entonces se le ha pegado decir *rebien* para cualquier cosa que le gusta. «Me caes *rebien*», «tu película va a estar *rebien*», «follo *rebien*».

—Dime, ¿cómo es Judith? —pregunta.

Dudo que ella llegue a darse cuenta de por qué no respondo. Lo confirmo cuando, ante mi silencio, me devuelve una mirada provocadora, luego condescendiente. Algo en ella ha hecho *clic*, como si fuera consciente de haber tocado una tecla errónea.

Abandonamos juntos la sala de ensayo y, sin planearlo, caminamos sin rumbo. Yo al menos no lo tengo y ella parece seguirme.

Me sitúo detrás de su espalda. Siempre solía hacerlo con Judith, retrocedía un par de pasos para observarla desde la distancia. Ileana es perspicaz y, como si lo entreviera, cruza los brazos detrás de la cabeza y recoge su cabello con las manos para mostrar su nuca desnuda.

—¿Soy como ella? —pregunta mientras deja que el pelo se derrame entre sus dedos.

Sonrío.

El tono blanquecino de su piel se asemeja al de Judith, aunque ella tenía el nacimiento del pelo más arriba y un pequeño lunar. Pero, sobre todo, le falla la mirada, aquella que refleja haber atravesado una barbarie. La que yo llamo «la mirada de las cenizas». En el rostro de un óleo de Rembrandt había más vida que en la última mirada que recuerdo de Judith.

Ileana se detiene, me rodea, se sitúa detrás. La siento muy cerca, noto su cuerpo descansar sobre mi espalda, reposar su mejilla; luego introduce sus brazos por debajo de los míos, posa sus manos sobre mis pectorales y aprieta.

Cerca de mi oído susurra:

—No temas, seré una versión mejorada de Judith.

Y en ese instante la encuentro.

23

La mayoría de las veces suelen confundirse los términos cinematográficos plano, escena y secuencia. En una película, un plano es la unidad mínima de información: el elemento básico de la narración cinematográfica. Pongamos el ejemplo de un niño que juega en un paseo marítimo. Está sentado en el suelo, junto al ventanal de una casa, ensimismado mientras trata de encajar las piezas de un elefante de juguete. Durante unos segundos lo observamos sin que haya ningún corte en la imagen, ningún salto temporal ni espacial. En el momento en el que esa continuidad se rompe mediante un corte, habremos cambiado de plano.

La escena está compuesta de planos, es la unidad en la que se divide una narración cinematográfica respecto a un cambio de escenario y/o temporalidad de una acción. Por así decirlo, compone un fragmento de la historia que se desarrolla en un único espacio. Pensemos de nuevo en ese niño que juega en el paseo marítimo. Hay un corte, otro plano, y algo ha sucedido: el niño ha desaparecido, lo que nos indica que ha transcurrido un intervalo de tiempo. Ahora solo vemos el fondo de lo que antes era el elemento principal, observamos a gente que pasea, merodea por el término en el que se encontraba el niño. A continuación, un tercer corte, un contra-plano sitúa la acción desde la casa del ventanal, por la que un hombre y una mujer se asoman. Hemos cambiado tres veces de plano, pero continuamos en el mismo espacio narrativo y en un tiempo asimilable a la realidad. Nos encontramos, por tanto, en la misma escena.

La secuencia es una unidad autónoma dentro de la película que puede constituir por sí misma una unidad dramática dentro del argumento principal. Puede estar formada a su vez por distintas escenas. Continuemos con el ejemplo: el hombre sale con precipitación por el ventanal, angustiado, parece buscar al niño. Recorre apresurado varios metros alrededor del paseo marítimo, lo busca entre los transeúntes, da vueltas aturdido sobre sí mismo, luego se adentra en la playa, mira hacia el horizonte. En el siguiente plano hay una elipsis de tiempo, podemos deducir que de unos minutos: el hombre dialoga con unos agentes de policía que han llegado hasta el lugar. Se hace de noche, el paseo marítimo está cercado por un despliegue de fuerzas de seguridad. Vemos al hombre sentado junto a la mujer, que se cubre la cara con las manos. Ambos parecen abatidos, inconsolables. Hemos completado una secuencia.

24

Llevábamos poco tiempo juntos, un par de meses, nos encontrábamos en esa cumbre de la exaltación, en la burbuja indestructible del enamoramiento.

—¿Lo has pensado alguna vez? —preguntó Judith.

—¿El qué?

—Suicidarte.

Estábamos en la cama, tumbados boca arriba, no tenía por qué ser de noche. Las moscas zumbaban a nuestro alrededor, una brisa movía las cortinas, el canto de las cigarras, voces y algarabía llegaban del exterior de la habitación.

—Si alguna vez lo he pensado —respondí—, ha sido solo una idea transitoria, una fantasía, no como una posibilidad real, sino…

—¡Tantas vueltas! —apremió ella—. Es una de esas preguntas de sí o no.

—No… Es decir… Supongo que sí, pero valoro también el miedo a fracasar. Pienso en si calculara mal la altura desde la que me arrojara al vacío, no consiguiera matarme pero tampoco pudiera volver a subir para intentarlo desde más arriba; o si me pegara un tiro en la cabeza y no muriera en el acto pero me quedara sin la capacidad de dispararme una segunda vez.

—Tú nunca has pensado en suicidarte —sentenció ella casi como un reproche.

—¿Acaso tú sí?

—Sí. Pero no me suicidaría por estar deprimida, como suele ser lo habitual, sino en un momento de extrema felicidad. ¿Por qué agotar la vida? No me atrae esa curiosidad de averiguar si todo seguirá igual o nos espera algo mejor. Preferiría asegurarme de que ese momento tan especial fuese el último.

Creí entenderlo. El suicidio, en cierta forma, es el acto de resistencia a dejarse morir, escoger cuándo abandonar la vida sin esperar a que ella lo decida por ti.

—¿Y si es ahora ese momento? —pregunté.

25

La pensión en la que me alojo es como un sucio motel de carretera en un desierto de cemento. Está ubicada en el corazón de la ciudad, en un callejón estrecho y poco transitado. Desde mi balcón diviso el bloque de enfrente, las ventanas siempre abiertas, sin persianas ni cortinas; los vecinos se pasean en calzoncillos o en bragas por las estancias. La ropa tendida cuelga de las cuerdas que unen los dos extremos de la calle. Las sábanas no se cambian ni las camas se hacen. Le entregan a uno la llave y con eso le ceden la habitación hasta que deje de pagar. Debajo hay trapicheos, yonquis viejos y prostitutas jóvenes que suben clientes a sus apartamentos. Afortunadamente, quedaba libre una habitación exterior con balcón; las interiores solo tienen una ventana que da a un patio por el que apenas se filtra la luz. Las paredes son de papel y permiten escucharlo todo: la música, el fútbol en la radio, los programas de televisión; las conversaciones de desconocidos, sus discusiones, gritos y golpes; también disertaciones en soledad; ronquidos, la orina de madrugada en el lavabo, el rasurado a contrapelo de la hoja de afeitar o la maquinilla eléctrica; y escucho, especialmente, a la chica de la habitación de al lado gemir con distintos hombres. La primera imagen que tuve de ella fueron sus piernas, que un día asomaban en el balcón contiguo al mío. Ella pintaba las uñas de sus pies en simetría con las de sus manos, cada una de un color —amarillo, verde, rojo, negro y azul— mientras jugueteaba batiendo los dedos para que el esmalte se secase. Gracias a esa particularidad pude reconocerla cuando nos cruzamos en el vestíbulo.

Bajo a la sala de televisión —así llaman a un pequeño salón en la planta baja que cualquier huésped tiene derecho a disfrutar, en el que hay un viejo televisor y dos sofás— y allí la encuentro. Está sentada junto a un anciano que se ha quedado dormido. Me siento en el otro sofá y desde ahí la observo con detenimiento. Es una chica delgada, con una expresión en su mirada de haber vivido otras épocas más felices.

—Yo he visto esta película —digo.

—¿Y de qué va? —pregunta ella—. Porque llevo veinte minutos en los que solo veo un coche circular por carreteras desérticas.

—Va de un tipo que trabaja en un negocio de alquiler de coches. Le compra anfetaminas a un camello y apuesta con él a que es capaz de entregar el Dodge Challenger desde Colorado hasta San Francisco en menos de quince horas. Si lo consigue, no le paga las anfetaminas.

—¿Y si no lo consigue? —pregunta ella en un tono molesto, como si yo, adrede, me hubiera reservado la segunda alternativa de la apuesta.

—Creo que eso no llegan a acordarlo.

Ella resopla.

—Eso no tiene ningún sentido. Menuda apuesta de mierda. Si no lo consigue, el camello debería ganar algo a cambio, ¿no? Aparte de que le pague las anfetaminas.

Yo asiento sin mucho convencimiento.

—¿Y qué más pasa? —pregunta, cada vez más interesada.

—Creo que eso es todo. Ese es el único argumento —respondo.

—¿Estás de broma?

Niego con la cabeza.

—Con los años, se ha convertido en un clásico, un filme de culto.

Ella muestra decepción, hartazgo, como si yo fuera el director de la película al que rendirle cuentas.

—Qué estúpido es el arte.

—Cuidado con decir eso —le advierto—. En esta pensión se alojan muchos artistas.

—No me extraña, es una pensión barata e inmunda.

Se recuesta de nuevo en el sofá, pero deja de prestarle atención a la película y se dedica a revisar sus uñas.

Cuando me levanto para retirarme, ella da un brinco y pregunta:

—¿Lo consigue al menos?

—¿El qué?

—Entregar el coche —dice señalando el televisor—. Ganar la apuesta al camello.

Me quedo un rato pensativo.

Ella permanece expectante.

—No lo recuerdo —respondo.

26

Apenas noté el pinchazo de la aguja, pero sí aquella sensación penetrante tan familiar, el génesis de la vía que se abre, que aparta de forma brusca el estado depresivo para comenzar a flotar. Todo se repetía, la misma habitación, el mismo ritual, el regreso de la mujer con la infusión de limón y jengibre; se sentaba en el borde de la cama y comprobaba que todo estuviera bien. No dejaba de resultarme paradójica la colisión de esas dos acciones: que después de un chute de heroína, o lo que fuera que me inyectase, me diese a beber una infusión.

Un día se quedó más tiempo de lo acostumbrado, por un momento relajó esa actitud autómata, fue más locuaz y charlamos un rato. Me contó que había gente que iba allí solo para que la escucharan, se tumbaban —como yo lo estaba en ese momento— y se limitaban a hablar de sus cosas.

—Un vicio caro —dije.

—Te sorprenderías —respondió—. La gente tiene la extraña manía de pagar por lo que puede obtener gratis. A mí me gusta escuchar. Esa es mi droga. Escuchar los problemas de los demás. No siempre viene gente conflictiva, negativa, también hay quien tiene cosas buenas que contar, quien tiene una vida ordenada y plácida. Pero esos, obviamente, no son interesantes, me aburren.

Estuve completamente seguro de lo que yo podría divertirla hasta el punto de no tener que pagar por su servicio.

27

Cuando Judith y yo regresamos del hospital, acompañados de sus padres y de mi hermano, trajimos al bebé a casa. Ellos tres, al cabo de un rato, se marcharon y nos quedamos solos con él. En ese momento —en ninguno anterior— fuimos conscientes de ser padres. El bebé, después de diez minutos de calma, se puso a llorar. «Ya no vamos a volver a dormir», dijo Judith. «Ya nada va a ser igual entre nosotros», pensé yo.

Salí esa noche, no recuerdo con qué pretexto, pero sí con la intención de probar el tacto de otra piel. Quería saber qué se sentía frente a otro cuerpo antes de que la emoción por el de Judith se agotase.

Sin embargo, recuerdo pensar únicamente en el momento de regresar, en encontrarla dormida y encajarme en su cuerpo.

28

La habitación de al lado está silenciosa hoy. Quizá la huésped la ha desocupado, o sencillamente hoy no tiene ningún hombre junto al que gemir. No puedo conciliar el sueño, es tarde y tampoco me parece buena idea salir a la calle a despejarme. Sé que a cierta hora de la noche ahí abajo emerge la ciudad sin ley de la que hay que resguardarse. Empiezo a sentirme agobiado. Se me ocurre bajar a la sala de televisión y encuentro de nuevo a la chica. Están emitiendo un programa de noticias del corazón que parece aburrirla, pero hay un matrimonio y una señora muy interesados, ella parece respetarlo y, aunque tiene el mando a distancia en su poder, no cambia de canal. Me siento en el mismo sofá de la otra vez. Ella me mira durante unos instantes como si no se acordara de mí y no hubiésemos hablado nunca. Eso o me guarda rencor porque no supiera aclararle el final de la película que veía en aquella ocasión. Debió de pensar que la vacilé, es algo que suele ocurrirme a menudo, que confundan mi permanente estado de desidia con el desdén. Tiene más edad de lo que supuse en una primera impresión. En aquel entonces calculé alrededor de veinticinco años y ahora debe rondar la treintena. Me pregunto si la estancia en esta pensión provoca que envejezcamos todos más deprisa. Sospecho por su aspecto que hoy no se ha duchado ni ha salido a la calle. Lleva el pelo sucio recogido en una coleta, pantalones de chándal, sudadera con capucha y zapatillas de felpa. De pronto se levanta, pero se queda de pie, inmóvil, más tiempo del necesario, no termina de marcharse, como si quisiera dejarse ver; sin que hayamos intercambiado ninguna palabra, sé que yo también debo levantarme. La sigo por el vestíbulo, por el pasillo hasta la puerta de su habitación. Me quedo frente a la mía. Desde ahí la veo abrir la cerradura, entrar; y sé que la puerta ha quedado entreabierta, que hoy no va a entrar ningún otro hombre y debo ser yo. La he observado hacer ese tipo de cosas. Un día desde la cristalera de la cafetería que hay debajo de la pensión la vi salir a la calle detrás de un hombre de mediana edad, se alejaron unos pasos y charlaron. Algo me hizo sospechar que se emplazaban a un encuentro.

Empujo la puerta y entro. Su habitación es del mismo tamaño que la mía, pero más desordenada; ella lleva alojada más tiempo, tiene más cosas. De su balcón cuelga la publicidad de una tienda de ropa, el reflejo de las luces de neón invade las paredes, las tiñe de un tono amarillo.

No tengo un nombre. Soy, del mismo modo que ella para mí, el huésped que le ha tocado al otro lado de la pared. Sabe muchas cosas, por ejemplo, que antes de encender un porro de maría, «para que no vengan a echarnos la bronca», hay que hacer exactamente lo contrario a lo que se aconseja en caso de incendio: colocar una toalla húmeda en el suelo para tapar la ranura de la puerta y que así el humo no salga de la habitación. También sabe que no hay que cerrar por completo las ventanas, «si no el humo nunca se va y el olor queda impregnado en toda la habitación».

Estamos desnudos sobre la cama, ella sentada encima de mí, a horcajadas. Comienza a gemir, primero levemente, entrecortado, hasta que alcanza ese volumen que habitualmente escucho desde mi habitación. Coloca sus manos rodeando mi cuello, lo acaricia, luego aprieta, cada vez incrementa más la presión, hasta que siento que empieza a faltarme el aire. Estoy seguro de que se ha dado cuenta y va a soltarme, pero no lo hace, continúa mucho más de lo que creo que puedo aguantar. Cuando afloja, dice: «Siempre se puede ir más allá de lo que uno piensa. El límite está siempre algo más lejos». Cuando deduce que me he recuperado, vuelve a colocar sus manos rodeando mi cuello, esta vez presiona con más ímpetu, lo veo todo de color blanco, noto que voy a perder la consciencia. Llego a pensar que, en caso de que decidiera terminar conmigo, no tendría ya fuerzas para detenerla. Cuando creo que no va a soltarme, que me asfixiaré, siento una repentina explosión de oxígeno, escucho los latidos como tambores hacia las extremidades, la sangre bombea a borbotones; regreso al mundo como si hubiera sido expulsado de un útero. Lo primero que veo son destellos de colores, hasta que consigo dilucidar que son sus uñas, cada una esmaltada de un color: amarillo, verde, rojo, negro y azul.

Me quedo tumbado hasta que recobro el sentido.

«No tienes que preocuparte —dice—, aprendí a medir después de equivocarme con mi exnovio».

Se lía otro porro, lo enciende y se recuesta a mi lado. «Es broma», dice al rato. Ella es mácula, cieno, dopamina. El desorden que a veces la quietud precisa.

No es la primera vez que despierto en un lugar en el que no recuerdo haberme quedado dormido. Reconozco las sábanas sucias de ayer. Estoy solo en mi habitación. Ella ha desaparecido como los efectos antidepresivos, sin resaca, limpia, llevándose consigo la basura del día anterior.

29

Nick Cave perdió a un hijo. Se llamaba Arthur, tenía quince años cuando, después de consumir LSD, se arrastró por el límite de un acantilado de Brighton hasta saltar la valla de seguridad y precipitarse desde veinte metros de altura.

Dos días después de enterrarlo, Cave y Susie, su mujer, fueron al acantilado. Me detuve en ese detalle en particular cuando leí la noticia: visitaron el punto exacto donde el cuerpo de Arthur cayó, yació sin vida, y lo admiraron una vez que volvió a quedar vacío. Me pareció un acto simbólico, la transfiguración de la muerte fulminante y violenta de su hijo en una desaparición. Supongo que Judith y yo tratamos de hacer justamente lo contrario: transformar la desaparición de Francesco en una muerte. Pero cuando no hay certeza de que un cuerpo haya dejado de existir, el fantasma siempre merodea para recordar que tan solo ha sido movido a otro lugar donde no puedes encontrarlo.

Nick Cave terminó de grabar el álbum en el que trabajaba cuando su hijo murió, *Skeleton tree*, y cuatro años más tarde grabó el álbum *Ghosteen* como homenaje a él.

Yo terminé de escribir el guion de la película dos años después de la desaparición de Francesco. Han pasado diez años y aún sigo reescribiéndolo.

30

¿Qué posibilidad había de que entrara en la habitación en mitad de la noche? Solo escuchamos un tenue ruido, como el que hacen las hojas secas cuando caen al suelo. Los dos nos despertamos y distinguimos una sombra negra que atravesaba el marco de la ventana.

—Es un murciélago desorientado —dije yo.

—No —objetó Judith—. Es un cuervo.

Fuera lo que fuese, se había colado como una flecha y luego se había extraviado, mimetizado con el contorno de la oscuridad. No volvió a moverse, ni aletear ni emitir ningún otro sonido.

Volvimos a quedarnos dormidos con la sensación de que los dos debíamos estar equivocados.

Judith me despertó un rato después, no podía dormir, parecía asustada:

—Ve a sacarlo, siento que todavía está dentro de casa.

Quise escabullirme, estaba somnoliento, pero ella insistió hasta que finalmente tuve que ceder y levantarme.

Entonces dijo:

—Y comprueba si el niño está bien.

Me quedé aturdido.

Regresé a la habitación apenas un par de minutos después y le dije que había hecho ambas cosas.

Ninguna de las dos podía ser cierta.

31

Desde temprana edad comencé a coleccionar entradas de cine. Algunas —con el precio en pesetas— databan de cuando mis padres me llevaban siendo un niño. Llegué a reunir cientos de ellas, hasta que aquellos cines fueron cerrando, desapareciendo y yo dejé de coleccionarlas. Años después, por motivo de una mudanza, encontré la cajita donde las guardaba; la abrí y comprobé que la serigrafía de las entradas se había borrado por completo. Solo eran papeletas en blanco, en azul, en gris, pero habían perdido todo su significado. Entonces dejé también de conservarlas.

32

Ayer, en la madrugada, hubo un gran alboroto en la pensión. Estaba en mi habitación tumbado sobre la cama intentando pegar ojo cuando escuché la voz corpulenta de un hombre que iba golpeando las puertas a la vez que gritaba. No era capaz de entender lo que decía, pero los gritos y sus nudillos sobre la madera se intensificaban, los escuchaba cada vez más cerca, presentía que pronto mi puerta sería la próxima. Me levanté de un brinco de la cama y, sin pensarlo mucho, moví el aparador y lo coloqué delante de la puerta con el objetivo de bloquearla. De pronto escuché una segunda voz, la de otro hombre, ambos discutieron de forma airada. Preferí quedarme en mi habitación y no salir a comprobar qué sucedía. Después el ruido y los gritos cesaron de golpe. Supuse que habría sido uno de los que regentan la pensión quien aplacó al violento visitante. Siempre tropiezo con alguno de ellos en el vestíbulo, los encuentro echando una cabezadita en un sofá, como si hicieran guardia.

A primera hora de la mañana, cuando paso por la recepción para ir al rodaje, un chico lee un diario deportivo. Le pregunto qué pasó ayer. «0-1 —dice él—. Este año gana el Paris Saint-Germain la Champions». Al ver mi incomprensión, sonríe y, como si fuera algo de lo más habitual, de lo que no preocuparse, añade: «No fue nada, solo un hombre que buscaba a otro porque este le debía dinero».

Cuando ve que me marcho, me hace una seña para que me acerque y, murmurando, me recuerda que está prohibido subir gente a las habitaciones. Al mismo tiempo fricciona las yemas de sus dedos índice y pulgar para sugerir el inconfundible código de la excepción del dinero. Entiendo que así debe establecerlo con algunos huéspedes para obtener un beneficio extra. Él puede detectar si sube alguien que no está alojado en la pensión, pero no puede controlar si un huésped entra en la habitación de otro. Eso se le escapa y debe de joderle. Le respondo que no, gracias, no lo necesito. Él insiste, repite el gesto, dinero a cambio de «subir chicas», llega a verbalizar, por si no lo hubiera comprendido. Su mirada perpleja, la de alguien que considera imposible un rechazo a una propuesta tan atractiva, me resulta grotesca.

Después del altercado de esta noche, intuyo que no voy a volver a escuchar gemir a la chica de la habitación de al lado y tampoco volveré a cruzarme con ella en la sala de televisión.

33

Fue como un truco de magia. El niño estaba allí y, de pronto, dejó de estarlo. Puede que esta explicación para describir un suceso de tal magnitud parezca demasiado ligera, incluso pueril, pero nunca he encontrado otra manera de expresarlo, ninguna otra narrativa consigue reflejar con más exactitud aquella realidad. Recompongo las imágenes con obsesiva minuciosidad, como una escena que pauso, retrocedo y adelanto, casi *frame* a *frame*. Un niño sentado en el suelo; detrás, desenfocado, el paseo marítimo bajo un reflejo solar; veraneantes pasean alrededor de él. Teóricamente, si hablamos en términos tempo-espaciales, no transcurrieron más de cinco segundos entre ese momento y el posterior en el que todos los elementos de la panorámica permanecieron inalterables excepto el niño. Entonces solo pude asumir que aquello debía pertenecer a un espectáculo de ilusionismo, que un prestidigitador retiraría una cortina trasparente y, detrás de ella, volvería a aparecer el niño, sentado, enfrascado en colocar las piezas de su elefante de juguete. Inmediatamente después llegarían los aplausos.

No recuerdo más de aquello, ni siquiera haberlo llamado una sola vez. Enmudecí como si tuviera la convicción de que gritar su nombre ya no serviría de nada. No sentía que el niño estuviera cerca para escucharme. Sucedió de manera tan fugaz que dudé de que realmente hubiera estado allí.

Tiempo después tuve que repetírmelo obsesivamente a mí mismo: «El niño ha desaparecido». Tuve incluso que obligar a que algunas personas me lo dijeran, que sacaran esa frase de mi interior.

Y ahí fui consciente de que nadie posee la capacidad de expresar el dolor ajeno.

34

Mi amiga Adela y yo estamos sentados en una terraza cerca de su casa. Ella siempre estimula la conversación abierta, sin ningún tipo de filtro, y más cuando llevamos unas cuantas cervezas. No hace las mismas preguntas ni es de las que cada vez que hablan contigo, casi por obligación, mencionan: «Lo que os pasó fue terrible». Se va a marchar tres semanas de viaje y me ha pedido que en su ausencia me quede con su gato, ya que nadie, ni siquiera una vecina con la que tiene confianza, puede encargarse de él. Su primera proposición fue que me lo llevara a casa, pero tuve que explicarle que allí su gato podría escaparse; hay demasiadas ventanas y puertas, algunas que debería haber arreglado hace tiempo. Si le diera por salir al jardín, podría saltar fácilmente el muro o colarse por algún orificio de la alambrada. En resumidas cuentas, aunque me avergüence, tuve que admitir que mi casa no posee las condiciones mínimas ni para que un gato viva en ella. De modo que acepté la segunda proposición: ir a la suya cada dos días a echarle comida y agua.

Adela y yo nos conocimos en un curso de guion en la Academia de Cine.

—¿Cómo es entonces un rodaje? —pregunta.

91

—Tedioso. Solo ves repetir tomas, una tras otra. En realidad, en un día se graban apenas unos segundos de lo que formará parte del metraje final. Llega a ser agotador. Además, ser el guionista ya no te hace partícipe de nada. A veces me siento inútil.

—¿Tienes obligación de ir?

—No me lo he planteado, pero desde luego imprescindible no soy, dudo que alguien reparara en mi ausencia. —Omito que una de las razones es la oportunidad de quedarme en la pensión—. Ahora hay una parada, pero queda ya muy poco para terminar, así que no me lo perderé.

—Pero debe ser emocionante ver cómo tus personajes cobran vida, cómo recrean los escenarios que imaginaste…

Niego con la cabeza como si lamentara contradecir su entusiasmo.

—Es todo tan distinto que apenas reconoces tu guion, es como si se hubieran apropiado de tu idea y lo hubieran reescrito a tus espaldas.

Ella no parece compartir mi desencanto.

—¿Y estás escribiendo algo nuevo?

Niego con la cabeza.

La pregunta me desconcierta porque me percato de que ese guion forma ya parte de mi vida y, pese a que el hecho de que la película se encuentre en proceso de rodaje supone una evidencia de que está terminado, continúo rectificándolo de manera autómata, como si darlo por concluido pusiera fin a mi existencia.

—¿Y tú? —desvío la pregunta—. ¿Estás escribiendo?

Me cuenta que cada vez es más solitaria. Empieza a ser consciente de que no solo disfruta de momentos en soledad, sino que los busca. La entiendo, le digo que a mí me sucede lo mismo, y que, si no fuera por la casa en la que vivo, que me asfixia, disfrutaría de esa clase de soledad allí también.

—Pensaba que era para concederme un espacio para escribir —explica—. Pero ya no es esa la excusa porque estoy atascada y, de hecho, apenas escribo. De sentir vergüenza por ir sola al cine he pasado a ser incapaz de ir con alguien. Lo mismo que ir al teatro o de vacaciones. Me molesta la presencia de casi todo el mundo.

—Supongo que una vez entras en esa espiral te acostumbras, engancha, igual que las drogas.

A ella, como un resorte, le cambia el semblante a uno más serio.

—¿No habrás vuelto?

—No. Eso creo.

—¿Eso creo? ¿Cómo puede uno no estar seguro de haberse drogado?

Le cuento cómo me encuentro, que no veo salida, pese a saber que tengo varias a mi alcance, pero que las drogas ya no son ninguna de ellas.

—Precisamente iba a decirte que te veo bastante mejor. Has cogido un par de kilos que mal no te venían. Te has afeitado. Aunque así estás raro. Creo que afeitarse, en el fondo, es antinatural en los hombres.

Asiento mientras me acaricio la barbilla rasurada.

—¿Qué me dices de ti? ¿Sigues con ese chico con el que te vi la última vez?

—¿Qué chico?

—No recuerdo su nombre. Me lo presentaste un día que nos encontramos en el cine. Era alto, con el pelo largo y lacio… profesor o algo así…

—¡Ah! No. Hace ya mucho de eso. Ha habido unos cuantos después. Ya sabes cuál es mi problema: soy muy poco exigente con los hombres.

Después subimos a su casa y me da las instrucciones de cómo debo cuidar de su gato: cambiarle el agua, la cantidad de comida que debo echarle y retirar las heces del arenero. Me deja todo preparado para que no haya lugar a error. Debo, asimismo, tener cuidado con las ventanas abiertas porque vive en un tercero. ¿Acaso los gatos se caen por accidente o planean suicidarse?, me pregunto.

Cuando voy a despedirme, dice:

—Tienes que venderla.

—¿El qué?

—Esa casa. Líbrate de ella. Además, el moho, no sé si lo sabes, es tóxico.

—¿Cómo sabes que tiene moho si nunca has estado?

Trato de recordar si la memoria me falla, pero rápido llego a la conclusión de que no es posible. Nadie ha estado en mi casa. Tan grande, con tantas habitaciones, con jardín, y nunca ha recibido visitas.

—Lo sé por cómo la has descrito. El moho puede resultar muy peligroso para la salud.

Sonrío.

—Quizá no deberías haberme facilitado ese dato.

Ella entiende mi humor negro, pero no le resulta nada gracioso.

—Y tú, escribe —digo para virar la conversación—. Escribe sobre que eres solitaria. Es interesante desde el punto de vista en que lo has contado.

—Puede que tengas razón —dice ella—. Puede que lo haga.

Me muestra las llaves de su casa, las sujeta en alto para que yo las recoja, como si señalara que deposita en mí algo valioso. Me explica cómo echar el cerrojo. Luego, como si dudara o se arrepintiera de confiarme a su gato, e indirectamente su casa, pregunta:

—¿Seguro que estás bien?

—Tranquila, ni tu gato ni yo nos vamos a suicidar en tu ausencia.

A ella no le resulta gracioso.

35

Llegaba a casa, sin importar demasiado la hora ni el momento del día, abría la puerta y encontraba a Judith tendida en el suelo del salón.

Ella se había quedado dormida el día que desapareció Francesco. A partir de entonces no se permitía dormir, ni siquiera tomaba la medicación a fin de evitar la somnolencia que le provocaba. Dormir era un acto insoportable.

La escuchaba suplicar, llorar, gritar, mientras se retorcía girando sobre sí misma tendida en el suelo del salón. Era algo que brotaba de ella, que estaba dentro y necesitaba ser expulsado, como un cuerpo nuevo que crece dentro de otro que previamente debe ser reventado.

Me limitaba a observarla, me colocaba las manos en la cabeza, tapaba mis oídos, apretaba, hasta que dejaba de escucharla.

Luego cerraba los ojos.

Y ya no estaba allí.

36

De pronto me acuerdo de Pascual Ferrer, el profesor de cine de un curso de verano. Estimo que aquello debió de tener lugar alrededor de hace veinte años. Después me esfuerzo y consigo ubicarlo con más exactitud: veinticuatro. En aquel entonces él parecía un anciano trasnochado, pero, si lo pienso, tendría mi edad actual. La mañana en la que los alumnos teníamos que rodar el primer cortometraje —una de las prácticas del curso—, cargábamos el material de la escuela en una furgoneta cuando él apareció. Llegaba tarde, en su coche, paró en doble fila y bajó la ventanilla. Era yo quien se encontraba más cerca y me hizo un gesto con la mano para que me aproximara. «Decidme la dirección y ahora en un rato voy, que estoy con un pedo que no me tengo en pie», me dijo, sin asomo de rubor, como un canalla al que hubiera que perdonarle por decreto todos sus desplantes. Lo que sospecho es que atravesaba un mal momento, o su momento permanente era aquel, una juventud perpetua, autoimpuesta o derivada de alguna sacudida de la vida.

Me acuerdo de él porque entonces condené su actitud y ahora la reconozco en mí. Yo era un niñato extremadamente disciplinado y engreído que aspiraba a ser Stanley Kubrick. Mi rutina estaba enfocada por completo al cine y renegaba de cualquier ocupación que me apartara de él. No tenía amigos, apenas salía, pasaba las tardes enteras en la filmoteca, o en la videoteca, viendo películas VHS en aquellos monitores individuales con cascos; en la Fnac leía compulsivamente libros de guiones, revistas sobre cine, *Cahiers du cinéma*, *Dirigido por*, hasta que cerraban y me echaban.

Lo busco en internet, «Pascual Ferrer», y descubro con cierta sorpresa que ha fallecido. No era una persona especialmente famosa, pero sí llegó a dirigir un par de películas que obtuvieron reconocimiento, trabajó con actores importantes, por lo que tampoco se trataba de un desconocido. Se movió en esa zona fronteriza que delimita el éxito del ostracismo. Repaso su filmografía y la trayectoria me resulta extraña. Tres películas en siete años, una de ellas ganó un premio menor en el Festival de Valladolid, otra, en el Festival de Málaga; en 1993 su carrera se corta sin conocerse un motivo. Cuando asistí a aquel curso que él impartía, recuerdo que no habló mucho de sus películas, las mencionó sin alardes para ilustrar algún ejemplo sobre lo que sucedía en los rodajes y resultó justificado. Es posible que debido a que él no nos incitó, nosotros tampoco nos interesamos demasiado. Supongo que le consideramos un profesor antes que un cineasta. En los resultados de la búsqueda no menciona la causa de su muerte, no hay detalles específicos y apenas se refleja el suceso en la prensa. Todo resulta acorde a ese moderado umbral de notoriedad.

Un incomprensible pesar me sobreviene al conocer la noticia de su fallecimiento. Hasta hoy no me había acordado de él salvo en un par de ocasiones en las que hablé con un compañero de aquel curso y comentamos algunas anécdotas. Es raro sentir tristeza, apego por una persona que apenas conoces. Pero siento una instintiva conexión, una comprensión, como si ahora pudiera sentarme junto a él y hablar su mismo lenguaje. Es probable que ambos experimentáramos situaciones que desencadenaran ese efecto destructivo, que nos impulsaran a un forzado éxodo de nuestras vidas.

Me doy cuenta de los mecanismos que utiliza la mente para protegerse, la creencia de que todo va a seguir inalterable, la dificultad de hallar una razón para que no sea así. La escuela de cine continuará abierta, en ella impartirá clase Pascual Ferrer, con el mismo aspecto que lo conocí. Averiguar que ha muerto, que murió hace diez años, me lleva a pensar en que, si no lo hubiera comprobado, seguiría vivo. Las cosas solo pueden cambiar cuando se comparan respecto al pasado, cuando se actualiza su estado.

37

Estoy en casa de Adela, he dado de comer a su gato, pero el pienso —que ella había calculado de manera milimétrica— se ha terminado. Soy culpable de no haber seguido escrupulosamente sus instrucciones y haberlo sobrealimentado. El gato pide comida y siempre se la concedo sin hacerme de rogar, supongo que eso debe alentarlo a pedir más. Ella me advirtió que fuera cuidadoso porque no quiere que engorde. Tiene un pelaje pardo, excepto las patas —desde las pezuñas hasta las rodillas—, que son de color blanco. Pareciera que las hubiera metido accidentalmente en un barreño de lejía. Me he aficionado a observarlo, la vida se vuelve sencilla a través de él. Come, bebe, entra al arenero a hacer sus necesidades, revuelve la arena para ocultar su olor, se lava, juega un rato a cazar y duerme alrededor de dieciséis horas. No existe ninguna otra actividad que le urja satisfacer. Pura supervivencia. Ha dormido la siesta conmigo en el sofá, ha apoyado su cabeza en mi brazo mientras leo, se me ha restregado buscando atención, lo he acariciado y, sin embargo, apenas unos instantes después, nos encontramos cada uno en un extremo del pasillo, camino en su dirección y él se queda paralizado, me observa con desconfianza, como si el hecho de que todo lo que hayamos compartido no le inhiba de prevenirse de ser atacado. Esa, pienso, debe ser la única filosofía correcta para sobrevivir.

Bajo a comprar a una tienda de ultramarinos de bengalíes que hay junto al portal. Tienen carne, especias, legumbres al peso, fruta, latas de comida en conserva de sus marcas autóctonas. Compro pienso para el gato y añado una lata de lo que aparentan ser albóndigas para mí, porque en ese momento improviso, decido que voy a quedarme a cenar en la casa.

Doy de comer al gato, a partir de ahora me preocuparé de medir la cantidad porque, si revienta, mi condescendencia, al fin y al cabo, habrá resultado nociva. Caliento la lata de albóndigas en el microondas. Huele como las tiendas y los restaurantes, como el barrio, a curry, a *chicken tikka masala*. Me siento y veo la televisión mientras ceno. Adela está suscrita a todas las plataformas de *streaming*.

De nuevo se ha hecho tarde: las dos de la madrugada. Los anteriores días me he quedado dormido en el sofá, pero hoy doy un paso más y entro en su habitación, que hasta ahora había respetado. Adela ha dejado un abrigo de paño y dos jerséis de cuello alto sobre la cama, intuyo que pensaría llevárselos, pero decidió abandonarlos en el último momento. Es revelador, como atrapar un conocimiento de intimidad que no ha compartido. Desisto curiosear, no porque no me interese, sino porque temo que descubra que en su ausencia me he tomado la libertad de vivir en su casa. Ella no me lo ha ofrecido, por lo que sería razonable pensar que se moleste.

Me meto en su cama. Al rato, el gato sube, se acerca a olisquearme. Esto me recuerda a las últimas veces que dormí con Judith, cuando ya no era capaz de reconocer su olor, como si ya no fuera ella o realmente no estuviese. Luego da dos vueltas sobre sí mismo y se acomoda para dormir. Parece que vuelve a fiarse de mí.

38

Judith dormía cuando yo estaba despierto; estaba despierta cuando yo dormía. Nunca encontramos dónde o a quién cargar la desolación que soportábamos, como si no existiera nada lo suficientemente espacioso y consistente donde depositarla. A medida que éramos conscientes de que Francesco iba alejándose de nuestras vidas, el dolor se escapaba por todos los recovecos de los cuerpos rotos. Durante un tiempo ella se culpó a sí misma y yo a mí mismo, hasta que ella me culpó a mí y yo a ella.

—¡Tú! —decía—. ¡Tú fuiste el culpable!

—¡No! —replicaba yo—. ¡Tú lo fuiste!

—Tú.

—Tú.

—Tú.

No éramos capaces de salir de ese foso. Como si quien lograra decir *tú* por última vez resultara el vencedor que pudiera escapar.

—¡Tú! —decía ella.

Y yo callaba.

39

He meditado la posibilidad de contactar con algún familiar del profesor Pascual Ferrer. Preguntaría quién soy, si acaso significó algo importante para mí, y tendría que mentir. Soy un antiguo alumno suyo de un curso de verano, también compartimos el rodaje de un cortometraje, incompleto porque él apareció resacoso y no estaba en condiciones. Se fue a casa a dormir un rato y se presentó a la mitad del rodaje, casi al final, para ser exactos.

Los títulos de sus tres películas aparecen en la escueta nota sobre su fallecimiento. La última de ellas, con la que se retiró, cosechó críticas muy duras: «Ferrer ha optado por transitar caminos trillados, artificiales y tramposos», «Una tomadura de pelo», «Obra fallida en todos los sentidos excepto en resultar aborrecible», «Un despropósito indigno de ser proyectado en una sala de cine»; no así las dos anteriores, en las que se le atribuía ser «un cineasta valiente y transgresor». De aquella última «infame» película reseñan que recuperó a la actriz Elisabet Miró, un antiguo mito del destape. Más tarde descubro que es su viuda.

Telefoneo a un antiguo amigo que también asistió a aquel curso de Pascual Ferrer. Es un tipo raro, recuerdo que en aquella época llevaba siempre consigo una grabadora, decía que así obtendría un banco de sonidos de lo más completo para utilizarlo en los cortometrajes. Y era cierto, almacenaba cientos de casetes con todo tipo de sonidos que iba grabando, desde el oleaje del mar hasta gruñidos de cerdos. Dice estar seguro de conservar el teléfono de Pascual Ferrer, el teléfono fijo de su casa. Lo tiene apuntado en una vieja libreta que revisa mientras habla conmigo. No sabía lo de su muerte, le sorprende conocer que tuvo lugar hace diez años.

Elisabet Miró coge el teléfono cuando ya iba a colgar. En un principio se extraña de que la contacte, me doy cuenta de que no oye demasiado bien, pero luego se muestra confiada, percibo que el vacío de su marido sigue latente y la vence la curiosidad. Al cabo de hablar un rato, se relaja y propone exactamente lo que de algún modo esperaba: «¿Por qué no pasas un día por casa y charlamos?». Temo decepcionarla, es posible que ella imagine que compartí más tiempo, amistad o vicisitudes con su difunta pareja. No tengo muchas anécdotas con las que adornar nuestra escasa relación, aunque es cierto que los recuerdos acerca de él siguen nítidos.

Elisabet Miró vive en un piso bajo. Cuando me abre la puerta, veo al trasluz la imagen de una mujer de sesenta años irradiada por un reflejo ocre, como en una polaroid de Andrei Tarkovsky. Un mito del destape que todavía conserva cierta seguridad respecto a su sensualidad. El salón de su casa es como las bambalinas de una sala de vodevil, colmada de lámparas, sillones, espejos, retratos de ella en sus películas o números musicales; objetos marchitos como pelucas, zapatos, vestidos o atrezo de vencidas actuaciones.

Ha hecho café y ha colocado unas pastas de forma esmerada, como si yo fuera un familiar que hiciera tiempo que no la visita.

—A él, en realidad, no le gustaba dirigir películas —dice.

—¿Ah no? —pregunto con extrañeza. Aunque esto explique su breve filmografía. Eso, o tal vez la mala acogida de la última de ellas.

—Prefería el teatro porque lo que realmente le interesaba era el trabajo con los actores. Nos arruinamos con el montaje de una obra. Las películas las hacía por ganar algo de dinero.

Me muestra un libro de fotografías de él en distintas etapas de su vida. En todas es reconocible, no cambió nunca su peinado lamido de raya a un lado, su pose chulesca, con un cigarrillo en la boca, la mirada despreocupada de un hombre al que le hubieran advertido de que iba a morir pronto.

Me encuentro algo abrumado en aquella casa que, en consonancia con su dueña, atesora decadencia y melancolía, un consumado mimetismo entre la gloria y el fracaso. No obstante, la franqueza con la que la mujer habla me reconforta. Hay en ella una intrínseca imposición de seducir, de sentirse deseada como tuvo que haberlo sido toda su vida. La complazco, miento con alguna alusión a que la conocía, incluso que en su día, como todos, estuve fascinado por ella.

—No soy su viuda. No estuvimos casados —aclara después.

Yo aguardo paciente a que revele lo que más me interesa, pero ella desvía continuamente la conversación hacia los recuerdos de su carrera como actriz y cantante, al bombardeo de historietas engrandecidas con detalles agotadores. Los directores europeos y americanos que la requerían, todos los actos —incluso internacionales— a los que era invitada, los premios que ganó, los que no ganó pero sin duda mereció, los incontables hombres —y mujeres— que trataron de seducirla. Me cuesta intervenir, ella apenas deja espacio en el monólogo enardecido de una estrella que se apaga y se atrinchera en el crepúsculo.

Al final lo tengo que introducir de manera brusca, sin venir a cuento:

—¿Y tuvieron hijos?

Ella sale de su trance, pierde el hilo de lo que estaba contando.

—No, tampoco tuvimos hijos —responde con pesadumbre—. A él le habría gustado. Cuando dejó de dirigir siempre decía que ojalá hubiéramos tenido hijos de los que ocuparse. Tuvo una niña cuando era joven, antes de que yo lo conociera. No hablaba mucho de ese tema, pero sé que lo atormentaba porque nunca supo más de ella.

Baja la mirada como si buscase a los hijos que no tuvo en el álbum de fotografías.

—¿Y tú?, ¿tienes hijos? —añade después.

No encuentro una respuesta, solo me pregunto por qué debo mentir si ella ha sido sincera. Me pregunto qué hago aquí, por qué me miro en el espejo de un hombre muerto cuando debería estar buscando a un niño vivo.

40

«Lo ha vuelto a intentar», fueron las palabras de la vecina de al lado cuando me llamó por teléfono. Yo me encontraba en la calle, cerca, como si algún instinto me hubiese advertido de que no debía alejarme.

«Se la acaban de llevar», me informó la misma vecina cuando alcancé el piso después de cabalgar las escaleras. Apenas recuperado, bajé de nuevo, veloz, saltando algunos escalones aleatoriamente. Llegué a tiempo para ver la ambulancia estacionada en la esquina, justo cuando cerraba sus puertas. Del trayecto no conservo ninguna imagen, de pronto estábamos en el hospital y, como en un sueño o una alucinación, recorríamos un pasillo oscuro, un pasaje con fluorescentes. El rostro de Judith, tumbada en la camilla, se iluminaba y se oscurecía de modo intermitente; su tez variaba de un tono violáceo a blanco. Íbamos rápido, demasiado, temía que en algún momento la camilla descarrilara o que las dos personas que la empujaban se perdieran de vista y me quedara solo en aquel pasillo. Se abrieron dos puertas ante nosotros, una luz cegadora nos recibió, así como figuras con batas, gorros y mascarillas. La camilla se soltó de mi mano y empujó otra puerta que se cerró de modo automático al traspasarla. Me quedé en una sala junto a otras personas que permanecían en silencio, salvo un niño que brincaba sobre una silla y al que su padre reprendía. Todas me miraron durante unos segundos. Empecé a encontrarme algo mareado y me senté. Me debatí entre esperar, llamar a sus padres o no hacerlo.

A Judith la muerte no la asustaba. Encontraba en ella un atajo a la disolución de la vida, incluso sabiendo que no la reuniría con Francesco, que desaparecer y morir se asientan en lugares diferentes. Supongo que cuando alguien se suicida es porque le asusta más vivir que morir. Apenas unos minutos después llegó Nicolo a la sala. Venía apresurado, con los ojos desorbitados. Verme allí pareció tranquilizarlo, se sentó a mi lado y recuperó el aliento. No recuerdo exactamente qué preguntó, algo del tipo «¿qué se sabe?». En aquel hospital mugriento se encontraba desubicado. Deseé que intentara utilizar su poder, que en esa situación en la que a cualquier persona mundana le ordenan esperar, él, en vez de acatarlo, buscara algún recurso para desobedecer. Sin embargo, no hizo nada, se resignó con docilidad al lugar que le correspondía, a ser un tipo que vestía ropa cara en un hospital público.

«Está estable —o algo similar nos comunicó una médica—. Habrá que esperar su evolución durante las siguientes horas». El diagnóstico no era definitivo. Nicolo respiró hondo, me abrazó con fuerza, tomó mi cabeza con sus manos y me besó en la frente.

Era la segunda vez que Judith lo intentaba, al menos, la segunda que conociéramos.

41

Los lunes y los miércoles voy a un psicólogo. Hasta el quinto día no me di cuenta, al agachar la vista, de que junto a la silla en la que me siento hay un pequeño cubo lleno de pañuelos usados. Ahora, cada vez que acudo a la cita, me fijo en los pañuelos que hay sobre la mesa sin usar, luego en los que hay en ese cubo, que contendrá el ADN de todas las desgracias que han de pasar por la consulta.

42

Adela llama para comprobar que todo esté bien, en particular, que su gato siga con vida. Regresa mañana, lo que significa que tendré que buscar dónde quedarme los tres días que faltan hasta que el rodaje se reanude y pueda volver a la pensión. Cualquier sitio menos regresar a mi casa y que me engulla. No es solo el tamaño inasible, sino los recuerdos de acontecimientos funestos que se han ido adhiriendo a ella, como si sus paredes se hubiesen empapelado de fotografías post mortem. Le cuento a Adela que, siguiendo su consejo, la he puesto en venta, también me he vuelto a dejar barba, y ella parece congratularse por ambas decisiones.

Cuando cuelgo, comienzo a borrar las huellas de la clandestina ocupación de su casa, todo aquello que pueda resultar sospechoso de una estancia más allá de lo pactado, es decir, de entrar, alimentar al gato y sentarme diez minutos en el sofá. Hago una lista en la que me aseguro de fregar los vasos y platos, limpiar el cuarto de baño, bajar a la lavandería las sábanas y toallas sucias, borrar el historial de películas vistas en Filmin, Netflix y HBO. Por último, destruir la lista.

43

El duelo no es un estado cíclico. A veces crees que desaparece, pero sabes que es solo una ilusión, que siempre está ahí, escondido, en segundo plano, desenfocado o fuera de campo, pero está.

«No voy a acostumbrarme», me repetía.

Es fácil quedarse flotando en el duelo como el yonqui que aparca su vida a unos pasos de donde compra la heroína.

«¿Por qué voy a acostumbrarme a que ella no esté, a que la vida continúe, a que los dos sigamos, pero nunca nos volvamos a encontrar?».

Hasta que me di cuenta de que me había quedado solo en el proceso de no acostumbrarme; que todo aquello que giraba en torno a mí, incluso ella, ya se había acostumbrado.

44

El psicólogo me había puesto un ejercicio que debía traer para esta cita: pensar en alguna actividad que no supiera hacer pero siempre hubiera querido aprender.

—Bailar.

—¿No sabes bailar?

—No.

—¿Y por qué te gustaría aprender?

—Porque no me gusta.

—Pero sí te gusta la música, ¿no?

—Sí, claro. Pero la música que me gusta es para escuchar, no para bailar.

—Para todos hay algún tipo de música que nos induce a movernos. ¿Qué música crees que serías capaz de bailar?

—¿Funky? —respondo sin estar del todo convencido.

—Funky, muy bien. Busca un sitio donde pongan música funky.

Llevo trece sesiones y todavía no he hablado de lo que me ha traído a su consulta.

Él, por el contrario, asegura que me ve mejor, que estoy progresando y que, aunque yo no lo entienda, cree que estamos cerca de poder dar por finalizado el tratamiento.

Observo los pañuelos usados que hay en el cubo y, en efecto, compruebo que son menos que los que reposan sobre la mesa sin usar.

45

La carretera deja de estar asfaltada, se bifurca hacia un camino de tierra desde el que se divisa una especie de albergue, una agrupación de cabañas asentadas en medio de la naturaleza. Estaciono el coche y voy a pie en esa dirección. Escucho el curso de un manantial a la vez que empiezo a notar la humedad. Varios tordos sobrevuelan en línea recta a mi paso. Parece el lugar donde uno ubicaría un retiro grupal de sanación, vida saludable, yoga, ese tipo de cosas. A la primera persona con la que me cruzo, una mujer en la entrada de un invernadero, le pregunto por Judith.

Recuerdo la última vez que la vi. Fue un martes, lo sé porque cada martes quedábamos en aquel café al lado de la consulta. Ese día ella me esperaba sentada en una mesa, observaba fijamente la calle desde el ventanal, pero no me vio acercarme. Entré y me senté frente a ella. Hacía meses que nuestra relación, una vez abandonado nuestro último resquicio de comunicación —alguna llamada espaciada y exigua—, se reducía a encontrarnos allí. Empezaba incluso a resultar extraño, casi contradictorio, que aún mantuviéramos la rutina de quedar media hora antes de entrar. En un principio yo me negué a presentarme a las sesiones de terapia, lo consideraba una estupidez, solo me sentí empujado por exigencia de ella, pero acabé por aceptar que se había convertido en la única forma de poder pasar un tiempo juntos. Aquel día, sin embargo, ella iba con una idea firme en la cabeza. Estábamos fatigados de escuchar «esto le ocurre a mucha gente, no solo a vosotros, son errores humanos, nos equivocamos, tenemos que admitirlo, poco a poco os iréis perdonando, todavía es muy reciente».

—No voy a continuar —dijo justo antes de que nos trajeran el café—. No voy a hacer como si nada hubiera pasado. No necesito unas vacaciones ni unos días libres. No necesito que nadie se compadezca de mí. Solo quiero dejarlo todo.

Cuando escuché «dejarlo todo» me alarmé por el hecho de que pudiera referirse a un significado literal.

Ella se anticipó:

—No temas. Tampoco quiero seguir intentado dejar de vivir.

Había algo singular, si nos parábamos a pensarlo, en que nunca nos sentábamos a tomar algo ni hablábamos una vez finalizada la sesión. Cuando salíamos, recogíamos nuestros pedazos del suelo con la vana esperanza de recomponernos. Cada uno recuperaba exclusivamente los suyos, con especial cuidado de no mezclarlos con los del otro. Nos despedíamos, un adiós pudoroso y, siempre en dirección contraria a la que tomara uno, se marchaba el otro. Aquel día, de forma excepcional, cuando salimos de la consulta, le propuse ir a cenar. No tenía muy claro con qué finalidad, seguramente postergar el momento de que se marchara para siempre. Si ya no nos unía una relación, ni un hijo, ni una terapia para sobrellevar la vida que nos había quedado, ningún otro vínculo existiría entre nosotros. Tuve una visión pavorosa, el presentimiento de encontrarme con ella años, decenios después, un cruce fortuito en una calle, coincidir en algún lugar, solos o acompañados. Pasaríamos de largo sin decirnos nada, nos miraríamos como se mira a un pasado ancestral, inanimado, que casi no reconoce haber sido tuyo. En esa mirada oblicua, esquiva entre los ojos, se cerniría el resquicio de la familiaridad, el reconocimiento fugaz de una persona que lo fue todo, con la que incluso tuve un hijo.

Entonces, en un impulso irreflexivo, lo verbalicé: «¿Por qué no vamos a cenar?».

Ella aceptó, asintió levemente y dirigió su mirada hacia el suelo. Después, siguiendo la estela de mi invitación, como si experimentara un delirio, dijo:

—Podríamos ir a un restaurante de comida de Nueva Orleans.

—¿Cómo es la comida de Nueva Orleans? —pregunté.

No conocía Nueva Orleans. No conocía nada de los Estados Unidos. Ella tampoco, alguien se lo había recomendado, un restaurante donde ofrecían comida auténtica de Nueva Orleans. Aquella exótica idea nunca había encontrado un momento adecuado para materializarse.

Sopesé que aceptó por tener la oportunidad de explicar que existía un motivo de mayor calado para abandonar la terapia. Me voy a Italia. Me voy a Francia. Me voy a Estados Unidos. Sencillamente, me voy. He conocido a otra persona. Estoy conociendo a otra persona. Soy otra persona.

La ambientación del restaurante recreaba una calle de Nueva Orleans, con las casas de arquitectura colonial y decorado con carteles de conciertos de leyendas del jazz. Nos sentaron en una mesa que estaba destinada a una cena de pareja que había anulado su reserva. La suerte, a los que no la tienen, se les suele presentar como una broma pesada. La carta resultaba indescifrable, desvié mi atención a Judith, la observaba mientras leía la suya en silencio. Estaba tranquila, casi narcotizada. De pronto soltó la carta, las tapas cayeron una sobre la otra en la mesa. Se dio cuenta de que la miraba y esbozó una leve sonrisa de complicidad.

Convenimos, por recomendación del camarero, en pedir uno de los menús de degustación.

—¿Sigues viviendo con tu padre? —le pregunté.

Ella negó con la cabeza.

—Estoy en casa de Darío.

Era un antiguo compañero de universidad de cuya relación siempre sospeché. Cuando alguna vez discutíamos por algún asunto, ella solía chincharme reconociendo que habían follado cientos de veces. Pero sabía que mentía.

—No vivo con él —aclaró como si presagiara que me fuese a herir—. Se ha ido una temporada por trabajo. Me alquila su casa. Está muy bien, en el centro.

A medida que la escuchaba, fluctuaba hacia atrás y hacía delante en el tiempo. Imaginaba un futuro vacío recordando el momento que estaba sucediendo.

Los camareros fueron colocando varios platos en el centro de la mesa, pero había demasiada oscuridad, no alcanzábamos a identificar cómo era la comida de Nueva

Orleans. Llegué a preguntárselo a Judith, y luego a un par de camareros, creo que de forma irónica. Por algún motivo que desconozco, toda mi frustración se concentró en esa trivial contienda. ¿Por qué no puedo distinguir lo que estoy comiendo? ¿Cómo voy a saber qué tiene de especial la auténtica comida de Nueva Orleans si apenas puedo verla? ¿Por qué apenas tampoco puedo mantener una conversación? El jazz estaba demasiado alto para ser un restaurante, demasiado alto para ser jazz.

—¿Quieres que nos vayamos? —preguntó ella de pronto.

—¿Adónde?

—A casa. Podemos pedir que nos pongan la comida para llevar.

Aquella reacción tan imprevisible evocó por un instante la persona que ella siempre fue.

Llevamos la comida de Nueva Orleans hasta la casa de Darío. El apartamento, de apenas treinta metros cuadrados, se encontraba en una calle céntrica y bulliciosa. Nos sentamos en el sofá. Retrocedí mentalmente al comienzo de aquella tarde en la cafetería al lado de la consulta y lo confronté con que ahora estuviésemos allí los dos. De pronto me topé con su mirada ausente de vitalidad, la mirada de las cenizas. Todo resultaba obsceno, que ella y yo hubiésemos decidido ir a cenar, que hubiésemos llegado a entrar a un restaurante, el simple hecho de tener la ilusión por cenar. Observé las bolsas de papel sobre la mesa, la famosa y auténtica cocina de Nueva Orleans que aún no habíamos podido probar, ni siquiera ver. Los dos habíamos perdido el hambre y la curiosidad. Un instinto anticipatorio señalaba que todo moriría de manera violenta. «Sé que parece obvio —nos había dicho la terapeuta aquella tarde—, pero ni el pasado ni el futuro existen».

Camino en la dirección que me ha indicado la mujer de la puerta del invernadero. Para alcanzar la zona de las cabañas debo atravesar una estrecha ladera, el viento helado corta la piel. Me cruzo con algunas personas enfrascadas en tareas como recoger hortalizas, transportarlas, limpiar los establos o dar de comer a los animales. Me miran durante unos segundos, pero no provocan que me sienta observado.

Encuentro a Judith junto a una pileta, el agua cae a chorro sobre su largo cabello. Observo la hilera discurrir sobre su nunca. Sé que ella ya ha advertido mi presencia. No le ha producido asombro ni incomodidad. Por la manera tan natural en que se comporta, tengo la sensación de que hubiera anticipado este momento, su reacción es la que habría tenido si nos hubiéramos citado previamente.

Me pide que espere.

Al rato regresa. Se ha cambiado de ropa, lleva unos vaqueros anchos y una camisa negra de lino. Cruza los brazos. Parece estar en paz, como si hubiera sufrido un reinicio espiritual y hubiera logrado dejarlo todo atrás. Se retira el pelo de la cara, lo lleva muy largo, como nunca antes la había visto.

—Sabía que vendrías —dice.

Pregunto por qué.

Ella sonríe con un asomo de timidez y se encoge de hombros.

Admiro su aspecto radiante, su expresión risueña. Denota que su madre, al final, debió decidir no comunicarle la noticia; tampoco, como era de esperar, su padre. Supongo que conozco los porqués.

«Hay que ir a buscarlo», habría dicho ella, habría repetido de forma incansable, con esa seguridad con la que siempre tomaba cualquier decisión. Habría pisoteado el criterio de sus padres.

¿Quién será Francesco ahora?, me pregunto con obstinación desde que surgió la posibilidad de encontrarlo. Lo peor de perder a un hijo, o haberlo dado por perdido, es que con él desaparecen muchas otras cosas. Todo alrededor se desmorona, no queda siquiera un cobijo desde el que contemplar las ruinas. Pasas de preguntarte por qué las cosas ya no son como antes a preguntarte por qué las cosas ya nunca podrán ser como antes.

Judith descruza los brazos y los abre para que me acerque.

Cuando entro en contacto con ella me aprieta con fuerza.

«Tenemos que ir», diría. «Hay que ir a buscarlo», no pararía de repetir.

Nos quedamos mirándonos uno al otro un buen rato en silencio. Hay todo y nada que decir. Pero ella mira ya desde otro lugar al que yo todavía no he llegado. No reconozco su voz, sus modulaciones, sus gestos. Es como un lienzo que debo volver a dibujar, sobre otra pintura, sobre un viejo retrato. Parece haber trepado los muros del foso, o tal vez solo ha encontrado la manera de sobrevivir abstraída allí dentro.

El abrazo se desvanece.

Nuestros cuerpos se apartan.

Me marcho, me alejo.

46

La pareja llega en coche a la dirección que el detective les ha facilitado. Se detienen en una zona residencial de viviendas unifamiliares. Permanecen en el interior del coche como si a partir de ese instante cualquier movimiento fuera a ser decisivo. Tienen la posibilidad de encontrar a un niño desaparecido hace doce años que quizá ya no recuerde haber estado perdido ni que tuvo otros padres ni otra vida.

A través del parabrisas ven un todoterreno que se acerca y estaciona en la calzada frente a ellos. De él sale una pareja de mediana edad. Entran en la casa.

Ileana, la actriz que interpreta a Judith, se baja del coche.

Tal como sucedió cuando planteé esta escena, siento el impulso de preguntarle adónde va, qué pretende hacer. «Judith, no puedo hacerlo». Siento que soy yo el que no es capaz de moverse del coche.

Ella se dirige hacia la casa.

Coloco mis manos formando un rectángulo como si la estuviera filmando. La observo mientras se hace cada vez más pequeña.

«¡Corten!», grita el ayudante de dirección.

Todo el equipo aplaude.

47

No me gustan las fiestas. No suelo acudir a las que me invitan. Pero esta, en casa de uno de los productores franceses con motivo del fin del rodaje, podría considerarse un compromiso forzoso de trabajo. A lo largo de la noche se ha ido creando una división de ambientes en las distintas alas de la mansión. En ellas se entremezcla gente heterogénea, idiomas, lenguajes, idiosincrasias, drogas, sexualidades. Doy tumbos entre las estancias hasta que llego a un salón oscuro salpicado por destellos de luces. La música suena a un volumen elevado. Aquí solo bailan. Observo los hombros desnudos de una chica negra. Su piel brilla como la tierra húmeda después de una tormenta, su pelo largo y rizado se derrama asimétrico como una catarata sobre su espalda.

Los hombros desnudos de una chica negra, lo más bello que he visto hoy, en mucho tiempo, casi desde que tengo memoria de haber visto algo bello.

Sus movimientos, de una armonía innata, resultan hipnóticos. Ella se da cuenta de que la observo. Me sonríe, me invita a que me una a ellos, a sus cuerpos dorados.

Me giro y le doy la espalda. Pero ella, que ha debido detectar mi vergüenza, así como mi nula destreza rítmica, ha llegado hasta mí sin dejar de bailar ni sonreír. Toma mis manos y me guía a la pista. No reacciono, me quedo tieso como un animal disecado. Me pide, o eso creo entender, que me quede donde estoy. Veo que se acerca a un recodo del salón y baja aún más las luces. Lentamente, las pupilas vuelven a distinguir los cuerpos en la oscuridad. Cuerpos cada vez más imprecisos, cada vez más anónimos.

—Nadie te mira. Cierra los ojos. Deja que la música vibre y entre en ti —dice en un elegante francés. Suena como una antigua amiga con la que te has reencontrado, esa clase de amiga que lo sabe todo de ti.

Me dejo llevar, el cuerpo comienza a moverse como un elemento ajeno a mí.

—No puedes verte, pero lo haces bien —me dice al oído—. Lo haces bien.

48

No me gustan los aviones ni los trenes, así que regreso a casa en autobús. Ha partido a las once de la noche. Francia-España. Nueve horas de viaje nocturno. El conductor nos informa de que va a realizar la última parada del trayecto. Desvía el autobús hacia una salida de la autopista desde donde se divisa un luminoso: Área de descanso - Restaurante 24 horas. Decido no bajar. Lo hice en las anteriores y ahora no siento necesidad. Una mujer viaja con su hija de alrededor de cinco años, sus asientos están en línea con el mío, al otro lado del pasillo. La niña duerme mientras la mujer lee o habla por teléfono con algún familiar. En la anterior parada, las dos bajaron, se situaron detrás de mí en la fila para pedir en la cafetería. La niña se puso pesada con su exigencia de ir al baño y la mujer me preguntó si sería tan amable de guardarle el sitio. Yo afirmé. Después, estaban sentadas en una mesa cercana a la mía, donde yo tomaba mi solitario café. La madre batallaba con la niña para que comiera algo porque quedaba mucho hasta la siguiente parada. De vez en cuando dirigía una mirada de soslayo hacia mí, tal como yo hacia ella, con disimulo, como si buscara cualquier excusa para entablar una conversación. Los dos lo procurábamos de alguna manera, establecer ese vínculo de acompañamiento en los viajes que resultan largos y fatigosos.

En esta parada la niña no se ha despertado y cuando la mujer consigue espabilarla a regañadientes opone resistencia para bajar. Discuten, la madre trata de explicarle que ahora es ella quien necesita ir al baño y no puede dejarla sola en el autobús. En ese momento busca de nuevo mi mirada, se da cuenta de que yo no me he movido del asiento y, tras vacilar unos instantes, me pregunta si tengo intención de bajar. Le respondo que no. Entonces ella se levanta y, como si yo no hubiera asistido a su disputa, me explica la situación y me pide, «por favor», si puedo «echarle un ojo a la niña». Apenas tengo tiempo de reaccionar, me quedo bloqueado, sobresaltado ante su encargo. No lo ha preguntado esperando una respuesta, lo ha dado por sentado como una acción carente de responsabilidad. Cuando recorre el pasillo en dirección a la salida, se gira y pregunta si me trae algo, «¿un café?, ¿agua?». Niego con la cabeza, aún ensimismado. Ella me da de nuevo la espalda, no ha reparado en mi estado, no sabe nada de mí, ignora completamente la dimensión de lo que me ha pedido. Cuando reacciono para objetar, ella ya ha abandonado el autobús. Observo su asiento vacío, al lado la niña, que ha vuelto a dormirse. Algunos pasajeros bajan del autobús. Me inquieta cuando atraviesan el pasillo por delante de mí e interrumpen mi visión, no quiero perder de vista a la niña ni una fracción de segundo. Debería haber bajado y esto no habría ocurrido, me sermoneo a mí mismo. Pero me concentro en la niña, en vigilarla casi sin parpadear. No sé cuánto tiempo ha transcurrido, es probable que no más de un par de minutos. De pronto, entre el ruido y el tránsito de pasajeros, la niña se despierta, bosteza, parece que va a volver a dormirse, pero se incorpora. Descubre el asiento vacío que ocupaba su madre, pero no parece preocuparse. Después mira hacia mí, me encuentra observándola.

«No te preocupes, tu madre vendrá enseguida», le digo.

Ella se desliza hasta reposar de nuevo su cuerpo sobre el asiento.

A través de su ventana vislumbro que comienza a amanecer, el cielo gris ceniza ha mutado a una tonalidad anaranjada. Lo habían advertido en las noticias: una calima proveniente del Sahara arrastrará partículas de polvo y arena en suspensión.

La niña se gira para contemplar el fenómeno atmosférico.

El cielo dormido
de MARIO BLÁZQUEZ
terminó de imprimirse el día
2 de febrero del año 2024.